百年と一日

柴崎友香

筑摩書房

百年と一日

百年と一日　目次

装画　長谷川潾二郎「紙袋」
装丁・本文設計　名久井直子

一年一組一番と二組一番は、長雨の夏に渡り廊下のそばの植え込みできのこを発見し、卒業して二年後に再会したあと、十年経って、二十年経って、まだ会えていない話

なにか見えたような気がして一年一組一番が植え込みに近づくと、そこには白くて丸いものがあった。

「忽然《こつぜん》」という言葉はこういうときに使うのだろう、と一組一番は思った。

ビニール傘には、大きな雨粒が当たってばらばらと音が鳴っていた。その音が、一組一番はとても好きだった。雑草が伸びた芝生には雨水が溜まって、湿原のように踏み込むたびに水が浸《し》み出た。

きのこは、真っ白だった。根元の地面は、芝生と落ち葉に赤茶色の土が跳ね、濁った水が溜まっているのに、まるく白い表面に砂粒一つついていないのは、奇妙だった。木陰だからか、水滴も、ついていない。誰かがきのこを持ってきてここに置いたのだろうか、と一組一番は考えた。そのほうが、腑に落ちる。

誰かに見つけてもらうために。

だとしたら、見つけた自分は、確かめなければならない。

一組一番は、周囲に誰もいないのを確認した。今日は大幅に遅刻していた。あと十分もすれば、二時間目が終わり、二十分の休み時間となる。一組一番の通うこの高校では、この二十分がホームルームに当てられていた。

植え込みは、体育館と旧館をつなぐ渡り廊下のそばだった。一組一番は、裏門から入り、体育館の裏を通ってきた。体育館からは、かけ声が聞こえてきた。球技の練習試合をやっているらしい。

一組一番は、立ち入り禁止の芝生に足を踏み入れた。土と葉が含んでいた水が浸みだし、デッキシューズが濡れた。雨水はキャンバス地をあっというまに透過して、足に冷たい感触が広がった。

しゃがんで見ると、白いきのこの先、植え込みの奥にもう一つ白いきのこを見つけた。その先に、さらにもう一つ。そっくり同じのが、だんだん小さくなり、その次のは、ツツジの葉の陰に隠れている。それを、一組一番は覗《のぞ》こうとした。

「なにしてんのん」

急に声をかけられて、思わず肩がきゅっとなった。振り向くと、二組一番が立っていた。

二組一番も、まったく同じ透明のビニール傘を差して、そこで雨粒が音を立てている。雨はさらに強くなり、音も大きくなった。

一組一番は「青木洋子《あおきようこ》」で、二組一番は「浅井由子《あさいゆうこ》」だった。この高校では前年から出席簿が男女混合となり、二人とも「一番」に慣れないままだった。保育園も中学校も男女別、男子のあとに女子、という並びが、まるでこの世のルールであるかのように決まっていた。だからこの高校に入学して、それが単なる慣習に過ぎなかったとわかったのはよかったが、なにをするにもクラス中で真っ先に指名され、注目を浴びながらやらなければならないという戸惑いはあった。そのことについて、二人は一度だけ体育の時間に話し合ったことがあった。

「きのこ」

一組は答えた。手前のもっとも大きなきのこを人差し指でまっすぐ指した。

「植えたん？」

二組は、眉根《まゆね》を寄せ、理解できない、という表情で聞いた。なぜそんなことをしたのか、と言いたげだった。

「ちゃうちゃう。生えてん」

「よかったー」

二組は、安堵《あんど》のため息とともに、そう言った。

「昨日は、なんもなかった」

「そうやろ。すごいな」

雨は、もう二週間降り続いていた。寒い夏で、七月なのに台風も来た。もう少し踏み込んで奥を覗くと、その先には、椎茸にそっくりな形をしたきのこが生えていた。しかし、大きさが違った。笠が三十センチもある。作りもののように完璧な形だ。やっぱり誰かが植えたのかもしれない。

そのとき、なにか青い小さなものが、二人の視界の隅を動いた。

小さな、生きもの？

一組と二組は、顔を見合わせた。

「なんか、おった？」

「走った？」

ばらばらばら、と雨は傘を叩いていた。リズムが変わった。こういう曲知ってる、なんやったっけ、と一組は思ったが、思い出せなかった。

予鈴《よれい》が鳴り、一組と二組は慌ててそれぞれの教室へ戻った
二年生のときも三年生のときも、一組と二組は同じクラスにはならなかった。話をする

機会も、あんまりないまま卒業した。それぞれのクラスで、やっぱり二人とも出席番号は一番だった。

大学二年の夏、一組一番は、京都に行った。野外で行われるロックバンドのライブを見に行ったのだった。会場前の横断歩道は、人でごった返していた。流れ落ちる汗を拭いながら、いっしょに来た友人を見失わないように急いでいたら、名前を呼ばれた気がした。ちょうど渡りきったところで、立ち止まって振り返ると、二組一番が人波の中から顔を出した。

「なにしてんのん」

「ライブ、見に来てん」

「いっしょや」

「好きなんや」

「そうでもないけど」

一組がそう言うと、二組は笑った。お互いの友人が、それぞれの名前を呼んだ。

「ほな、またねー！」

手を振って別れた。ライブ会場に入ってからは会わなかった。

三年経って、一組一番はつけっぱなしにしていたテレビで二組一番を見た。夜中にひっそり放送されているドキュメンタリー番組だった。瀬戸内海の離島を取材していた。昔は漁業で栄えたその島は過疎化で人口が減り、残った個性豊かな人々がイベントを企画したり飲食店を作ったりする様子を一年にわたって取材した、とのことだった。うどん屋の客の中に、二組一番がいた。夜になるとその店で、ギターを演奏していた。二組へのインタビューもあった。高校を卒業したあとアルバイトを転々としていたが、半年前にその島にたどり着き、うどん屋を手伝っている。海辺の空き家を宿泊施設に改装し、翌月にオープンする予定だと話していた。二組一番は、浜辺でもギターを弾いて歌った。二組がギターを弾けるとは、一組は知らなかった。とてもいい歌だった。少ししか放送されないのが残念だった。

話してみたいと思ったが、連絡先を知らなかったし、共通の仲がいい友人もいなかったので、そのままになった。

一組一番は翌年、東京に移って、不動産会社で働き始めた。映画の感想をブログに書いているうちに評判になり、雑誌やレビューサイトにもコラムを書くようになった。雑誌の仕事を始めてから四年後にはそこで知り合った人に誘われて深夜ラジオで人生相談のコーナーを持つことになった。人生相談、と言っても、深刻なものより、ちょっとニッチな、人にわざわざ相談するのも気が引けるような悩みというのがテーマだったが、それなりに

人気はあって、投稿も多かった。番組に寄せられたＳＮＳのメッセージを読んでいると、そこにくっついている返信に、

「青木さん、すごいよね。実は同じ高校でした」

とあるのを見つけた。誰だろうと思って、その返信を書いた人のアカウントをたどっていくと、それはどうやら二組一番らしかった。本名も書いていないが、アカウント名は二組がよく呼ばれていたあだ名だった。どこに住んでいるかはわからないが、少なくとも十年前にテレビで見た離島ではなかった。子供が二人いて、近くの大型ショッピングモールやテーマパークに遊びに行ったときの画像があがっていた。

メッセージを送ってみようかと思ったが、親子ともにうまく顔部分を隠してあるその画像は、一組の知っている二組とは違ったイメージに思え、躊躇《ちゅうちょ》した。二組も、一組や番組に直接メッセージを送ってくることはなかった。一組は二組に、どこかで会えるような気がしていた。夏の路上で呼び止められたあのときみたいに、いつか、どこかで。

その番組のコーナーは三年も続いた。ラジオをやめてから、一組はエッセイ集を三冊出版した。

後年、知人に頼まれて大学で講師をすることになった。最初の授業が終わった後、学生の一人が話しかけてきた。とても色の白い子だった。

「母が、青木さんと同じ高校だって言ってました」

二組一番の長男だった。輪郭が似ていた。

「浅井さん、お元気？」

「今は、大連《だいれん》に住んでるんです。再婚した相手の転勤で」

彼は、スマートフォンを取り出して、画像を見せてくれた。港に停泊中の船を背景に、二組はなぜか真っ赤なジャージの上下を着て立っていた。

「青木さんって、母といっしょに宇宙人見たんですよね？　銀色のちっちゃいやつ」

二組の息子は、その話をとても聞きたそうだった。

角のたばこ屋は藤に覆われていて毎年見事な花が咲いたが、よく見るとそれは二本の藤が絡まり合っていて、一つはある日家の前に置かれていたということを、今は誰も知らない

角のたばこ屋は、見事な藤に覆われていた。毎年ちょうど五月の連休のころに、いっせいに花が咲いた。紫色の小さな花をびっしりとつけた房《ふさ》が長く下がり、その一画が急に明るくなった。

今は、木戸が閉まったままだが、いつかは開いていた。向かいにマンションが建った当時は、たばこの自動販売機が稼働していたし、その横の窓の奥に人がいた。

もっとずっと昔、周りにまだ畑がたくさん残っていて、隣の豆腐屋が朝暗いうちから豆を煮るにおいを漂わせていたころは、たばこ屋から娘が出てきて、小学校に通っていた。娘はいつも、次の角で同級生三人と待ち合わせていた。途中の家にいる大きな甲斐犬《かいけん》に吠えられるのが怖くて、ときどき遠回りをした。甲斐犬は門の内側にいたが、立ち上がって門の上に前足をかけていることさえあり、今にも飛び出してくるのではないかと、娘はい

つも怖ろしかった。娘が学校を卒業するころに、犬はいなくなった。その半年ほど前から、玄関に寝そべってばかりだった。それでも、娘たちが通ると頭を起こして吠え立てたのを、娘はずっと覚えていた。

その娘が生まれたころには、藤は漬物用のプラスチック樽に植え替えられて、たばこ屋のテントの縁をようやく這《は》いだしたという具合だった。そのころのたばこ屋は、自動販売機ではなくガラスケースの上の窓からたばこを買う客が多かった。たばこ屋の店内にも、週刊誌、駄菓子、洗剤などが置いてあった。近所の子供たちが、店の中で菓子を食べるための丸椅子が並んでいたことも、しばらくあった。そこに毎日のように来ていた体の小さい男の子は、バス停の前のアパートに住んでいた。父親はおらず、母親が一人で働いて育てていた。

男の子の母親は、たばこ屋の窓にいつもいたおかみさんの遠縁だった。だから、母親が仕事で遅くなって行くところがないときはあのたばこ屋にいなさいと、母親は息子に言っていた。おかみさんは、その男の子に宿題はあるのかとか給食はなんだったのかと話しかけたが、男の子はほとんどしゃべらず、漫画をひたすら読んでいた。男の子が五年生になったときに母親は体調を崩し、男の子は親戚に引き取られるとかで引っ越していった。最後に男の子がたばこ屋に来た日、来る途中の家に黒い子熊みたいな子犬がつながれているのを見かけた。

たばこ屋の建物を建てたのは、おかみさんの夫の父親だった。若いころ大工をしていてその後も建設現場を手伝うことが多かったし、前に住んでいた家も自分で建てた。建てて一年後、夫の父親が訪ねてきた。路面電車で二十分ほどの距離に住んでおり、夫の父親の勤め先と家との中間にたばこ屋はあったから、週に一度は立ち寄っていたのだが、その日はめずらしく日曜の朝からやってきた。越していった近所の人が置いていった、と鉢植えを持ってきた。藤だと父親は言うものの、冬で花も葉もなく、頼りない枝が伸びているだけで、ほんとうにこれに紫色のかんざしの飾りのような花がつくとは、あまり想像がつかなかった。父親と夫は酒を飲み、庭がないから藤棚は作れない、店の軒に這わせたらいいのでは、と話したが、そんなになるまでには長くかかりそうだった。おかみさんはそのころは若かった。

たばこ屋は、すぐ近所に住んでいた親戚から商売を譲ってもらった。おかみさんと、のちには娘もいっしょに店を切り盛りした。

「この辺で、倉本さんというお宅を知りませんか?」

夏の暑い日に、アメリカ産のたばこを買った男が尋ねた。白いシャツに麦わら帽をかぶった、背の高い中年男だった。

「さあねえ？　あんた、知ってる？」

奥にいた娘も首を振った。

「昔、大変お世話になりまして。確かこのあたりだったはずなんですが、見つからなくて」

男は、門に松の植わった立派な家なのだと説明したが、思い当たるところはなかった。

「このあたりもずいぶん変わったそうですから。お隣のお豆腐屋さんは、うちより前からあるのでご存じかも」

十年前までは畑しかなくて、と近所の人たちがよく話していた。養鶏場もあったらしい。たばこ屋の土地も、建つ前は菜っ葉が植わっていた。

男は納得がいかないように周りを見回していたが、テントを半分覆うように育っていた藤に気づいた。夏で、黄緑の葉が勢いよく伸びていた。

「やあ、これは立派な藤だなあ。花が咲いているときに見たいもんですね」

「そうなんですよ。たいした手入れもしてないのに、すごいんですよ、花の時期はのれんみたいになって」

「そうでしょうなあ。いや、羨ましい。うちは団地の狭いベランダだから」

男は、やたらと藤をほめ、思い出したように切手も買っていった。

「この藤は、きっとすごい花をつけるようになりますよ」

あとで、おかみさんは、隣の豆腐屋に倉本という家があったのか聞いてみた。豆腐屋は、裏の今はアパートが二棟ある一画がそうだと言った。昔は大きな家だったが会社が傾いて莫大な借金を作り一家は姿を消した、麦わら帽子の男はうちにも来たがなんとなく怪しい、探偵に違いない、などと豆腐屋は妙に強い調子で断言した。

一週間後、朝、夫が工場への勤めに出ようとすると、表に植木鉢が置いてあった。テントまで伸びる藤と同じ葉がついていた。忘れ物とも思えないが、気味が悪いのでしばらく表に置いておいたが、取りに来る人はいなかったし、置いた者を見たという人も現れなかった。おかみさんは、ついでに、と家の藤と同じように水をやっていたら、翌年の季節には花が咲いた。家の藤と、まったく同じ色だった。おかみさんも娘も、あの麦わら帽子の男を思い出したが、男はあれ以来二度と姿を見せなかった。二つ目の藤も順調に伸び、そのうちに、どこからどこまでがどちらの木かわからなくなった。

娘は二十六で結婚して隣町へ移り、夫は工場を定年退職して十年後に死んだ。そのあともおかみさんは一人でたばこ屋を続けた。たいてい一日中、ガラスケースをしつらえた窓の内側に座っていた。そばに小さなテレビが置いてあって、熱心に見ているわけではないがいつもつけてあった。店の入口は閉めて、代わりに自動販売機が三つ並べてあった。

角を曲がった先の戸建てに住む会社員は、その光景を覚えていた。引っ越してきたばかりのころはまだたばこをやめていなかったから、普段は駅前のコンビニで買っていたが、このたばこ屋でもときどき買った。自動販売機でボタンを押してから取り出すまでの間に、必ずちらっと中にいるばあさんの姿を見た。いつも横を向いていたから、どんな顔だったのかは思い出せない。テレビのニュースを読み上げるアナウンサーの声が、よく聞こえていた。

藤の咲く時期は短い。

通りかかって、もうすぐ咲きそうと思っていたら、突然紫色のカーテンに出くわす。今は通勤途中だから、土曜日に写真を撮りに来よう、と思っていると、もう色褪《いろあ》せている。そして葉も落ちた冬の間は、そこに美しい藤があることも忘れてしまう。

あるとき、紫色だった藤の花が、白くなった。真っ白い花の房がいくつも垂れ下がって、遠くからでもよく見えた。こんなところにこんな花があったかな、と通りかかった人たちは思った。

次の五月、その角にはたばこ屋だった建物も藤もなかった。

逃げて入り江にたどり着いた男は少年と老人に助けられ、戦争が終わってからもその集落に住み続けたが、ほとんど少年としか話さなかった

戦争の終わりごろに、男は島に隠れた。対岸のさらに山の向こうから逃げてきた。もうすぐ戦争が終わるとは、男は思っていなかった。誰も思っていなかった。少なくとももまだ何年も続くと思っていた。だから男は逃げて、泳いで海を渡り、島に隠れた。泳ぐのだけは得意だった。

ひと月もしないうちに戦争は終わった。しばらく、男はそのことに気づかなかった。入り江の奥の山裾《やますそ》、木が生い茂った下の洞窟に潜んでいた。夏だったので、木も草も蔓《つる》も繁茂していて、入り江の小さな集落からは見えなかった。

夜の闇が山も集落も覆ってしまうと、男は洞窟から出てきて、畑の野菜を盗んだり、磯で貝やたまには魚を獲ったりもした。盗んできた野菜を山の中で増やそうとしてみたりもしたがなかなかうまく行かなかった。木にぶら下がっている紫色の実を食べ、腹を壊した上に高熱が出たこともあった。固く冷たい岩の上で丸まり、このまま死ぬのか、と三日間唸り続けた。戦場で死ぬのと、どっちがよかっただろう。ひどい傷を受けたり、爆弾で体がちぎれたり、そんなのよりはましだろうか。それとも、何人も殺すよりも。いや、それより前に、自分たちは戦場に出るまでもなく、泥の中を進み、実際に役に立つのかもわからない、自分には関係のないものを運ぶだけで、飢え死にしていたかもしれない。上官に暴行されたり、疫病にかかったり、それで死んでいくやつを何人も見てきた。それよりは、ましだろう。ここで誰にも気づかれずに死んで、数日のうちに野犬かなにかが死体を食べる。食べるほどの肉は残っていないし、とんでもなくまずいだろうから、動物にも見向きもされないかもしれない。

どれくらい時間が経ったのか男にはわからないが、目を開けると腹の痛みは治まっていた。熱もなかった。途方もなくだるい体を引きずって洞窟から這い出たが、力尽きてそこに転がっていた。しばらくして、誰かが近づいてきたのに気づいた。

十歳にはならない、瘦《や》せた少年だった。少年は男をじっと見下ろし、彼がほとんど動けない、つまり自分に危害を加えることはできないだろうと理解したところで、なにか言った。

男は、少年の言葉が、半分わかって、半分わからなかった。死ぬのか、まだ生きられそうなのか、と聞いているのはわかった。わからない、と男は答えた。正直に言えば、今、自分がほんとうに生きているのか、あるいはもう死んでいるのかさえ、疑わしかった。ように死んで、これは夢に似たなにかのような気がしていた。

少年は、まだしばらく男を眺め、それから足もとの小石を男に向かって軽く投げた。小石は腕の近くに落ちたが、男はそれにもなにも反応できなかった。少年は、なにも言わず、背中を向けて藪《やぶ》の向こうへ消えていった。

二日して、男はなんとか体を起こせるようになった。水だけを飲み、洞窟の壁にもたれていた。鳥が鳴く甲高い声だけが森に響いていたが、姿は見えなかった。鼠《ねずみ》かなにか、小さな茶色い動くものが洞窟の前を横切ったが、それを捕まえることはできるはずもなく、ただぼんやりとその走っていった先に視線を向けていると、少年が現れた。そのうしろには、老人もいた。二人は近づいてきて、なにか言った。老人の言葉はまるきりわからなかった。男と同じぐらい痩せていて、髪も眉もなかった。

老人は、黄色っぽい団子のようなものを差し出した。男は口に詰め込んだが、味はしなかった。ただ粘ついた気持ち悪さだけが残った。

少年が、ついてこいというようなことをいい、男は力を振り絞って、山を下りた。集落の人たちが、遠巻きに男を眺めていた。

老人の家は、浜に近い、漁師小屋のような粗末な家で、土間には網や銛《もり》があった。老人の妻だろうか、老婆がそこに座っていた。老婆は、男と同じ言葉が話せた。それで、戦争が終わったことを知った。そして、その家の息子が死んだから代わりに働け、と言った。男は頷《うなず》いた。それよりほかに、なにも思いつかなかった。

男も、海辺の町の出だったから、そこの生活には案外早く慣れた。明け方に小舟で海へ出て魚を獲り、昼間は山裾の狭い畑を耕した。集落の人たちは、男を攻撃するようなことはなかったが、話しかけてくることもなかった。いつも遠巻きに見ていて、男が身を寄せている家にも近づく者はいなかった。

ときどき話すのは、最初に会った少年だけだった。少年は遠い町で両親が戦闘に巻き込まれて死に、この入り江の遠縁の家に住んでいた。少年は魚を獲るのが誰よりもうまかった。海に潜り、大きな魚も銛で仕留めることができた。そして、その魚をときどき男にも分けてくれた。

少年は中学を出て、入り江を離れた。面倒を見てくれた遠縁の家族にも入り江の人たちにも、ずっと馴染《なじ》めないままだった。少年が入り江を出る日、男は峠を越えて、隣の入り江の港まで少年を見送りに行った。少年は、ありがとう、と言った。男も、同じ言葉を返した。やってきた船には、少年と同じような年頃の子供たちが十人乗っていた。

しばらくして、男を助けた老人が死んだ。入り江でいちばんの年寄りだったことを、男はその時に知った。男は、歩けなくなった老婆の世話もするようになった。老婆は、男の故郷に近いところで生まれたのだと話した。五歳のときに母親に連れられてそこを出て以来、一度も戻っていない。戻るなと母親に言われていた、と言う。母親とは老婆が十歳のときに生き別れ、そのあとしばらくしてこの入り江に来た。もしおまえが故郷に戻ることがあったら、あの町に行ってみてほしい、と老婆は言った。

老婆が死んだあと、男は住んでいた家を焼き払い、自分で作った船で海を渡った。あの夏に泳ぎ着いて以来、初めて島を離れた。

対岸の半島は、ずいぶん様子が変わっていた。港に大きな工場ができ、新しく架けられた橋を大型車が行き交っていた。男はひたすら歩き、一週間歩いて、大きな街にたどり着いた。日雇いの仕事を転々とし、そこで十年暮らした。やっとわずかな金を貯め、また港へ出て、故郷へ向かう大型船に乗った。船が離れていくとき、岸壁に見送りに来ている大勢の中に誰か知った人がいるような気がした。誰もいるはずがないのに、小さくなっていくたくさんの顔を眺めていた。

男が向かったのは、自分の故郷の海辺ではなく、老婆が生まれたという谷間の小さな町だった。老婆に聞いたとおりに、中心部を流れる川伝《かわづた》いに段々畑の斜面を上っていくと、家はなかったが、大きな木があった。老婆が言ったとおりの形だと思った。男はその根元に座り、畑の向こうの町を長い間眺めていた。通りかかった近所の夫婦がその姿を目に留めた。

少年が一度だけ入り江に戻ったのは、男に見送られて島を出てから三十年も経ったあとだった。入り江はかなり人が減り、廃屋《はいおく》があちこちにあった。そこにいるのは年老いた人だけだった。少年を置いていてくれた遠縁も、すでに入り江を離れていた。

彼は浜までおりていき、男が住んでいた家を探したがなんの痕跡もなかった。波の音に振り返ると、海は太陽を反射して、明るく、青かった。波打ち際に近づいてみると、透明な水の下で小さな魚が泳いでいた。

懐かしい海に足をひたしていると、カメラを持った中年の夫婦が現れた。こんなところに観光客など、と思って見ていたら、夫婦が話しかけてきた。昔、親戚が住んでいて子供のころに一度だけ来たことがあるのだと、夫のほうが言った。どの家ですか、と少年だった男は聞いてみたが、夫の記憶は曖昧《あいまい》だった。記念写真を撮りたいからシャッターを押してほしい、と夫婦は言った。いいですよ、と少年だった男は愛想よくカメラを受け取った。眩しい浜辺に並ぶ夫婦にカメラを向け、ファインダーを覗くと、そこで少年が獲った魚を男と焼いて食べたことがありありと思い出された。おまえはすごいなと男に言われて、とてもうれしかったことを思い出した。

〈娘の話　1〉

最初の勤め先に、変わった人がいて、と娘は話した。

いつも独《ひと》り言《ごと》を発してて、しかも機械に話しかけてる。コピー機やシュレッダーやコーヒーベンダーに向かって、おまえはどう思っているんだ、ばかにするな、よくわかってるじゃないか、とその声が職場にいる限りずっと聞こえてくるんだよね、と。

あるとき、帰りの電車でその人を見かけたの。確か住んでいるのは別の沿線だった。その人はわたしと同じ駅で降りた。つい跡をつけた。その人は料理教室に入っていった。そういえばその人は毎日お弁当を作ってきていたな、とわたしは思った。しばらく待っていてもその人は出てこなかったから、家に帰った。次の日、その人は新しく入った最新式のコピー機に、初対面だからって気を遣わないで、と言ってた。でもその人は仕事はとてもきっちりしていて、職場の他の人間に対してはごく普通の受け答えだった。

次の職場にも変わった人がいたんだよ、と娘は続けた。とにかくすごく変だなって思ったんだけど、どんなふうに変だったか忘れてしまった。そういうことってあるよね。

聞いていた母親は、会社勤めをした経験がほんの二年しかなかった。それも、学校の先輩が社長の小さなデザイン事務所だった。だから、そんな不思議な人や、親しくもない人たちと一日中同じ部屋の中にいるのはどんな気分だろうかと想像してみようとしたが、うまく思い浮かばなかった。

娘の話は続いていた。今の職場には、犬がいる。社長が皆の癒やしになるようにと親戚からもらってきた犬で、最初は子犬だったけどいまではわたしより大きくなった。だけど子犬のときを知っているから今でも子犬に見える。顔の表情が変わらないし、なんていうか、仕草が同じなんだ、と、娘は真面目な顔で話していた。

駅のコンコースに噴水があったころ、男は一日中そこにいて、パーカと呼ばれていて、知らない女にいきなり怒られた

駅のコンコースに噴水があったころの話だ。

噴水は、真ん中の盆のようなところから水が流れ出て、それを円形のプールが囲む形になっていた。黒い石でできた縁には、いつも誰かを待つ人たちが腰掛けていた。噴水には、投げ込まれた小銭が沈み、明るすぎる照明を受けて揺れる水面の下で鈍く光っていた。

そのころ男は、一日中そこにいることがあった。仕事がない日、一週間のほとんどはその近辺にいた。ときどき警備員や駅員にどかされることもあったが、今ほど厳しくはなかった。男は緑のウインドブレーカーを着ていて駅の外に出るときはフードを被っていたので、パーカ、と呼ばれていた。パーカをパーカと呼ぶ男たちも、パーカと同じく、決まった仕事も家もなく、駅周辺で寝泊まりしていた。

そのころは、今よりずいぶん景気が良かったから、そうして駅や路上にいても、日雇いの仕事にありつけることがあった。一日にもらえる金も、そこそこ多かった。パーカは、その金を貯めて、荷物といっしょにコインロッカーに入れていた。アパートを借りて生活を始められるくらいの金が貯まったら、この街を離れるつもりだった。

パーカが噴水の周りにいるようになって、半年が過ぎていた。一時《いっとき》、どこからか流れ着いた腕《うで》っ節《ぷし》の強い男が、パーカに嫌がらせをしてきた。歩道橋の陰で寝ていたときに蹴られたり荷物を荒らされたりして、パーカはこの駅から離れていたのだが、その男が警察に捕まっていなくなったので、また戻ってきた。

パーカは、噴水の縁に腰掛けて、ぼんやりしていた。冬の初めの夜で、外は寒そうに見えた。コンコースは、風も遮《さえぎ》られるし、帰りのラッシュの時間には、人混みでむっとした熱気がこもるほどだった。

改札に流れ、改札から流れ出してくる大勢の人間たち。コンコースを横切り、地下へ降りるか、歩道橋を渡るかして、別の路線に乗り換える。もしくは、賑やかな街へ吸い込まれていく。パーカは、次から次へと現れては去っていく人たちを、ただ眺めていた。誰かに焦点を合わせることもなく、視界に入るものを流すように見ていると、彼らの顔がどんどん消えていき、のっぺらぼうにくっついた体だけが行き過ぎていくように思った。足音が、波か風の音みたいに、渦巻いていた。

「どないや」

声をかけてきたのは、広島カープの野球帽を被っているからカープさんと呼ばれている、パーカより一回りは年上の小柄な男だった。カープさんは、パーカの隣に腰を下ろした。

「どないもこないも」

パーカは、野球帽のつばの影が落ちているカープさんの皺《しわ》の多い顔をちらっとうかがって、答えた。

「なんも変わりませんわ」

それでも、パーカが止まらずに動いていく人波を眺めているので、カープさんはパーカの視線の先を追おうとして、しかし結局はそれがどこに向けられているのか確かめきれなかった。

「なんか、おもろいもんでもあるか」

カープさんは、ポケットから短い煙草を出した。その頃は、そこでも煙草が吸えたが、カープさんは火をつけることはなく、右手の指に挟んで撫《な》で回しているだけだった。

パーカは、どう答えようか迷って、目の前の柱にもたれて立っている女を見た。地味な灰色のスーツを着た女は、待ち合わせの相手が来ないのか、噴水の上にある時計をにらんでいた。小学校五年の時の担任に似てるな、とパーカは思った。

「そういや、小学校の同級生がここらの会社に勤めてるいうとったなー、と思《おも》て」

でまかせを言ったつもりだったが、言ってみるとそんな話も聞いた気がしてきた。誰だったか、いつのことだったかも、まったく思い出せなかったが。

カープさんは、鼻息を立てて笑った。

「そら、ここらには誰かおるやろ。いちばん人が集まってくるとこや。買いもんやら飯食うたりやら、ラブホテル行ったりするやつもおるんとちゃうか」

カープさんは声が大きいので、その向こうに腰掛けていた学生ふうの男が、こっちを見た。黒縁眼鏡のフレームが壊れたのか、セロテープで巻いてあった。男はパーカと視線が合うと、慌てて逸らせた。灰色のスーツを着た女は、あきらめたのか、柱を離れて改札へ向かった。

「ま、そうやろね」

パーカは再び、視線をさまよわせた。人が多すぎて、誰を見ればいいのか見当もつかなかった。埃《ほこり》っぽい空気が、鼻の奥を刺すように感じた。

「もしおったとしても、今のおれを見ても、気づかんやろし」

「ぼくは学生時分はモテとったんやでえ。女の子がけんかしたりしてな、大変やった」

カープさんは、急にそんな話をし出した。下宿に毎日のように押しかけて夕食を作る女と、地元に置いてきた女が鉢合わせて修羅場になった。

「モテそうって、なんとなく、わかります」

「ほんまか？　どこら辺が？　言うてみ」

「そうですね、なんか、うまいこと言う、いうか」

「てきとうやな」

「そうですかね」

「ちょっと！」

突然、声をかけられた。パーカの前には、真っ白いコートを着た女が立っていた。前髪を立て、水色のアイシャドウに真っ赤な口紅。そのころは、そんな顔の女が大勢いた。

「あんた、こんなとこでなにしてんの」

女は、三十を過ぎたくらいに見えた。

「なにって……、ただ座ってるだけや」

戸惑うパーカを気に留めず、女はまくし立てた。

「なにその顔。わたしのこと忘れてんのとちゃうやろね。和歌山の家に連れてったるって言うたから本気にしとったんやで、わたしは」

「確かに、和歌山にばあちゃんの家はあるけど……」

「やっぱり、でまかせ言うたんやね。連絡してくれると思ってたわたしがあほやったわ」

「すんません、どこの、お知り合いでしょうか」

「うわー、ひどい。西高《にしこう》三年九組のクラタやん。隣の席やったやろ」

「クラタ……」

「ク、ラ、タ、ユ、ウ、コ！　名前も覚えてないやなんて、ほんま薄情やわあ。ねえ、思いません？」

女は、カープさんに同意を求めた。

「ちょっとぼんくらなとこはあるかな……」

「ちょっとどころちゃいますよ。ほんま、待ってたのに、あほやったわ。ほんならね！」

女は、一方的に怒ったまま、人混みの中に消えていった。

「まあまあべっぴんやないか。あんたもやるなあ」

カープさんは、にやつきながら言った。

「ほんまに知らんのです」

パーカは言った。

「だって、おれ、男子校やったし」

「え、ほな誰や」

「さあ、人違いやと思います」

「変な人もおるもんやなあ。まあ、変なやつばっかりやな」

カープさんは、ようやく煙草に火をつけた。

パーカは、貯めた金でその三か月後にアパートを借り、建設会社で働き始めた。カープさんは、その前に姿を消した。どこへ行ったのか、誰も知らなかった。誰のことも誰も知らないのが、噴水周りにいた人たちの常だった。

三十年が経ち、パーカは、自分がパーカと呼ばれていたことを思い出すこともほとんどなかった。隣県で暮らし、家族を持つことはなかったが、仕事にあぶれることもなく、どうにか暮らしてきた。

パーカは、何年かぶりにその駅で快速電車に乗り換えた。噴水は、とうの昔になかった。駅が改築され、コンコース自体が別の場所に移転していた。

快速電車で一時間、大きな湖のそばの駅でパーカは降りた。駅前にマンションが建ち、パーカがその町を出たころとは、ずいぶん様子が変わっていた。住んでいた家を解体撤去する、と十年ぶりに連絡があった姉から告げられた。それで、なんとなく見に来たのだった。

駅からぶらぶらと二十分あるき、川の近くにそれはあった。家は、壊している途中だった。白いシートに囲まれた家は、半分が壊され、折れた柱や梁《はり》や部屋の中が、野ざらしになっていた。近づいて、シートの隙間から覗くと、足下の割れたタイルの下にコインが落ちているのが見えた。おもちゃなのか景品なのか、小さく、ぴかぴか銀色に光っていた。

パーカは、なぜか、あの噴水を思い出した。水の中に沈んでいた、たくさんの小銭。パーカはあの頃、その小銭を何時間も見ていたことがあった。一日中そこにいる日もあったのに、誰かが小銭を投げ入れるところを見たことは、ついに一度もなかった。

大根の穫れない町で暮らす大根が好きなわたしは大根の栽培を試み、近所の人たちに大根料理をふるまうようになって、大根の物語を考えた

祖母の畑で、大根が穫れた。

長さが一メートルはあったらしい。まずは隣のおばさんが手伝いに来て、それから裏の親戚一家も助けに来た。

今までも、並外れて大きなものや、先が三つや四つに分かれたもの、ねじれてしめ縄みたいなのも、穫れたことがあった。祖母はそのたびに写真を撮って、母のところに送ってきた。運ぶ間に折れてしまってはもったいないから、と実物を送ってきたことは一度もない。

一メートルを超える大根を掘り出すには、丸一日かかった。絶対に傷をつけたくない、と祖母よりも隣のおばさんが熱心になり、手で土を掘ったのだという。寒い時期だが、土は、掘れば掘るほどあたたかかった。だからこんなに育ったのだろうと、裏の親戚の息子が言った。そうしたらその畑の大根が全部大きくなりそうなものだが、他はみんなごく一般的な大きさで、しかし裏の親戚の息子の言うことに、皆頷いていた。掘っている途中からもう、この大根をどうやって食べるかという話で盛り上がった。さんざん話し合った結果、首のほうは煮物、真ん中は大根おろし、しっぽのほうは漬物になったそうだ。

わたしはその顚末《てんまつ》をみんな、母からの手紙で知らされた。

わたしが暮らしている、太平洋を隔てたこの町には、大根は売っていない。ラディッシュと名のつく野菜は、小さなあめ玉みたいな二十日《はつか》大根だけだ。

この国に住む人たちは、大根を食べないのだろうか、とここに住み始めて三日目に大根がどこにも売られていないという事実に気がついたときに思った。

町の中心部にある小さなスーパーにも、そのすぐ近くのオーガニック食品が並ぶ店にも、車で十五分の大型スーパーにも、大根はなかった。土曜日に教会の前の広場で開かれるファーマーズマーケットでも、大根を見たことはない。

わたしは大根の種を母から送ってもらって、教師の仕事のかたわら、栽培することにした。幸い、借りている家の庭には家庭菜園を作るスペースがあった。調べたとおりに土を耕し、肥料を撒《ま》いて育ててみたが、土のせいか気候のせいか、二十センチくらいにしかならなかった。

それから毎年試行錯誤を繰り返し、七年目の冬、やっと思い描いていた大きさの大根が穫れた。わたしは、近所の人たちに大根料理をふるまった。ふろふき大根、おでん、豚肉との煮物、大根おろし、大根サラダ。評判はよく、料理好きの人たちがそれから何度かうちに集まり、大根料理教室を開催した。

そのうちに、町で人気の食堂でも、大根のサラダを出すようになった。五年後には、スライスした大根とハムのサンドイッチがその店の看板料理となった。

しかし、わたしは、実はずっと沢庵《たくあん》を食べたかったのだった。あの歯ごたえと香りを思い出すたびに懐かしく、大根が穫れれば軒下に干し、沢庵作りを試みた。それなのに、この地方独特の雨の多い気候のせいか、うまく行かず、十年経ってもついにおいしい沢庵を作ることはできなかった。

わたしはこれらの顚末を、ホワイトバレーというこの町の名前の由来だとこじつけた物語を書いて、絵本にしてみようかと思ったが、大根栽培と料理教室に忙しく、結局実現しなかった。

祖母の畑は、今では耕すものもおらず、裏の親戚の家の子供たちがサッカーを練習する場所になっている。

たまたま降りた駅で引っ越し先を決め、商店街の酒屋で働き、配達先の女と知り合い、女がいなくなって引っ越し、別の町に住み着いた男の話

遠い街に引っ越した友人を訪ねた帰り、加藤《かとう》は来たときとは違う路線に乗ってみようとふと思った。その駅は、二つの電鉄会社の乗換駅で、南北に走る線路と、東西に走る線路があった。

西に向かう電車に乗った。そこから七つ目の駅を過ぎると電車が地下に入ってしまった。景色が見えずにつまらなかったので、次の駅で降りた。降りる乗客は多かった。

7番まで出口があり、好きな数字だから5番から出た。ちょうど商店街の入口だった。アーチ型の看板には、なんとか銀座、とあった。聞いたことがあるようなないような地名だった。昔読んだ小説に出てきたのかもしれなかった。

古くからある商店街のようで、街灯の柱にくっついたスピーカーからは一昔前の流行歌が流れ、どぎつい色のプラスチックの花が垂れ下がっていた。真昼の暑い時間で、店が多い割には歩く人の姿はまばらだった。

加藤はぶらぶらと商店街を歩いていった。古本屋だとかスーパーマーケットだとか安売りの服屋だとか、入って手ぶらで出てこられそうな店にはとりあえず入って何も買わずに出てきた。どの店でも、店員や店主は暇そうだった。

端まで歩くと、不動産屋があった。ガラスの壁にもドアにもベタベタと間取り図が貼ってあり、中はほとんど見えなかった。加藤は、なんとなくドアを押してみた。店内が見えた途端、予想外の近距離に机があって真正面に男が座っていた。ものすごく狭い店だった。

部屋？　と男は愛想のない声で言った。加藤はそのとき、友人に借りた穴のあいたTシャツに、当分洗濯していないジーンズ、そして持ち物はスーパーのレジ袋だけで、どう見ても金がなさそうに見えたからだろう。

あー、そんな感じですね。

加藤は答えた。

この辺はね、結構高いよ。

男は上目遣《うわめづか》いに加藤を検分するように見た。

そんな感じですね。

でもお客さん、ラッキーだね。今、いいのがあるんだよ。狭いけど安いのが。

男に案内されるまま、ついたのはその不動産屋の裏手のアパートだった。二階建てのかなり古い建物で、急な階段は塗装が剝《は》がれて鱗《うろこ》みたいになっていた。二階奥の部屋は、四畳半一間でベランダもなかったが、窓の外は寺の墓地で、日当たりはよかった。

墓地っていうのは家が建つ心配もないし、風通しもいいし、安心感があるもんだよ、と不動産屋は言った。

そんな感じですね。

加藤は答えた。そして、その部屋に住むことにした。生まれ育った街を離れたのは、そのときが初めてだった。八駅離れたところに住んでいた友人は、入れ替わるように郷里の街へ戻っていった。

加藤は、商店街の酒屋で働いた。配達と倉庫の整理が主な仕事だった。配達先は、商店街や駅近くの飲み屋やスナックだった。配達に行くとたいていの店は営業前で、アルバイトの若い男や女が受け取りに出てきた。週に四日だけ働いて、あとは古本屋で本を買って読み終わったら売り、部屋で墓地の木々を眺めながら安い酒を飲んだ。

そのうちに配達先のスナックでアルバイトをしていた女と、話すようになった。佐藤《さとう》という名前で、近くの大学に入って学費のためにその店で働いていたのだが、実家に仕送りもしなければならなくなって結局学校はやめてしまったという。

佐藤は、二駅向こうに住んでいたので、夜半過ぎに勤めを終えてから加藤の部屋に来て泊まることがときどきあった。佐藤は、最初に部屋に来たとき、墓地の風景に大げさに歓声を上げた。小学生のときに肝試しをした地元の墓地にそっくりだ、と興奮気味に話した。そのとき、同級生の一人が墓石を倒してしまい、それから当分小学校では幽霊の目撃騒動が続いたのだという。倒した子は、転校してそれから事故で死んじゃったらしい、と佐藤はなぜか笑い話のように話した。だってそんな定番過ぎるストーリー、笑うしかないじゃない、と佐藤は墓地が見える窓に腰掛けて言った。

半年ほどして、佐藤は客の男と結婚して沖縄に行くのだと、加藤が配達に行ったときにいつもの挨拶《あいさつ》のように告げた。そして、翌日配達に行ったときには、佐藤はもういなかった。

加藤は、その店の別の女と親しくなったが、この商店街にも飽きた気がしてきたころにちょうど自転車を盗まれたので、験《げん》が悪いということにして、越すことにした。家具は折りたたみのテーブル一つしかなかったし、荷物も鞄《かばん》に二つ分だった。

駅で路線図を眺めていると、佐藤が子供のころに住んでいたという街の名前を見つけた。思いついて、そこへ向かう電車に乗った。一時間のあいだ、窓の外は代わり映えのしない平べったい土地だった。田んぼや畑や放棄された空き地や林があり、二階建ての家やアパートがまばらにあった。そんなに長い間山がない風景を、加藤は初めて見た。

佐藤が住んでいた町の駅は、やっと現れた低い山の裾野《すその》にあった。もうだいぶ人が減ってしまったようで、一軒のコンビニエンスストア以外は、駅前の商店の看板のあるところはみなシャッターが下りていた。なだらかな坂道を上がっていくと、寺があった。覗いてみたが墓地はなさそうだった。池があって、黒い鯉が泳いでいた。しゃがんで眺めていると、老人が話しかけてきた。犬が行方不明だというので、いっしょに近所を歩いたが、見当たらなかった。

話しているうちに、老人の親戚の家が長らく空き家になって傷《いた》んでいるというので、加藤はそこに住むことにした。平屋の倉庫みたいな家だった。雨漏りはしたが、思ったより状態はよく、水回りも少し直せば使えた。加藤は、駅前のコンビニエンスストアでアルバイトをした。小さい町なので、ひと月もしないうちに来る客はほぼ顔見知りになった。その中に、隣町の寺の住職がいた。墓地はあるかと聞くと、あると答えた。十五年ぐらい前に小学生が肝試しで墓石を倒したかと尋ねると、確かにそうだというので、次の休みの日に見に行くことにした。

天気のいい暑い日だった。自転車でたどり着いた墓地はかなり広く、土地柄なのか墓石も黒光りするものばかりで、加藤が住んでいたアパートの隣の墓地とはぜんぜん雰囲気が違っていた。住職に、小学生が倒したという墓を教えてもらった。端が欠けたのを修復したらしく、ほかの墓石よりも新しくて立派に見えた。倒した子供は、住職の親戚だったらしい。幼いころからよく寺で遊んでいたので、やたらと同級生を連れてきて肝試しをさせていたそうだ。今は、イギリスに留学している、と住職は話した。たぶんこんな田舎町には二度と帰ってこないんだろうね。

加藤は、コンビニエンスストアで一年アルバイトしたあと、地元の建設会社で働くことになった。そこの社長もコンビニの客だった。跡を継ぐはずだった息子が家出して音信不通のままで、社員が四人の小さな会社だが、廃業しようか迷っていた。加藤は、大型車や重機の免許の取得も援助してもらい、七年経ったころには社長の代わりに仕事を仕切るようになっていた。郵便局に勤めていた女と結婚し、子供も二人生まれた。

下の子供が高校の受験を控え、いくつかの学校を見に行きたいというので、加藤は子供と電車に乗って出かけた。二つ目の学校は、加藤がしばらく住んでいたあの商店街を抜けた先にあった。

商店街は、古い店はほとんどなくなり、安さが売りのチェーン店ばかりになっていた。不動産屋もなくなって、マンションが建っていた。学校は、昔は男子校だったのが共学になり校舎も建て替えられ、加藤が住んでいたころとは別の学校のようになっていた。説明会に出てきた教師たちも一様に明るく親切な態度で、息子も気に入ったらしかった。

帰りに、お父さんは昔このあたりに住んでいて、と話しながら裏通りへ歩いた。へー、と息子は関心なさそうについてきた。裏通りも真新しいマンションばかりになっていたので、もうないに違いないと思っていたアパートは、しかしあった。手前の寺と墓地も。その隣は駐車場と空き地で、道路からでも加藤が昔住んでいた部屋がよく見えた。

アパートは、二十五年前と変わっていなかった。昔も古く、今も古かった。そして、窓には女が腰掛けていた。佐藤によく似た女だった。あれは佐藤だ、と加藤は思った。佐藤は最後に会ったときと、髪型も洋服も同じだった。

小さな駅の近くの小さな家の前で、学校をさぼった中学生が三人、駅のほうを眺めていて、十年が経った

急行列車の停まらない駅のホームには、誰もいなかった。

屋根は駅舎近くの一部分にしかなく、コンクリートのホームの大部分は野ざらしだったし、周囲に建物もほとんどなかったから、少し離れた場所からでもそこは見えた。駅名が書かれた看板と申し訳程度の照明がついた鉄柱が立っていて、それだけだった。暑い日には、陽炎《かげろう》が揺れていた。ほとんどの列車は通過して、一時間に三本だけ、二両編成のゆっくり走る列車が停まった。乗り降りする乗客も、昼間はほとんどいなかった。

駅が見える場所にある家の前の空き地で、学校をさぼった中学生が三人、駅のほうを眺めていた。空き地は伸びすぎた植え込みに隔てられて道路からは見えないので、一人の祖母の家であるここに、三人はときどきやってきた。祖母は学校のある時間に孫たちがやってきても叱ることはなかったし、かといってお茶や菓子などを出してもてなすわけでもなかった。窓際のいつもの椅子で煙草を吸い、いつものように駅を通過していく列車にぼんやりと視線を向けていた。

「めんどくさい」

放置されたセメントのブロックに腰掛けて、孫ではない一人が言った。

「学校が?」

孫が聞き返した。

「うーん、なんか、そういうわけでもないけど」

「急行、停まったらいいのに」

孫ではないもう一人が言った。

ちょうど青い列車が速度を落とさずに駅を通り過ぎていくところだった。風向きが逆だからか、距離のわりに音はたいしたことはなかった。ただ地面からわずかな振動が伝わってきた。

「そしたら、簡単にどっか行けるし」

「金がないだろ」

孫がすぐに返した。

「金がないと、どっか行ったってなにもできないから同じだ」

「同じって?」

「ここにいるのと変わらない」

「そんなことないよ。店もあれこれあるし、人もいるし、こんななにもないところと変わらないわけがない」

「店があったって、買えなければ意味がない」

「見るだけでも、楽しいじゃないか」

「あるのに手に入らないんだったら余計に悔しい。他の誰かは買えるのに、自分は買えない」

「そんなにほしいものってなんだよ」

「べつに、わからないけど、急行に乗って行ったらそういうものがあるんだろ」

「ないのかよ。ないなら悔しくないじゃないか」

「あるって、おまえが言ったんだ」

孫は、列車も人もいない駅のほうをにらみつけていた。

「あるんだろ、そこには」

駅も静かだったし、周りにも人の姿はなかった。裏手の家からテレビの音が聞こえてきた。わざとらしい笑い声が繰り返されるが、言葉は聞き取れなかった。

「わからない」

一人が、立ち上がって言った。

「なに言ってるのか、全然わからない。急行はどこかの駅には停まるし、行きたければ行けるし、行きたくなければ行かなくていいし、なにかわからないものがほしいってどういうことかわからない」

「わからないわからないっておまえがいちばんわからないよ」

孫は、吐き出すように言った。

わからない、わからない、ともう一人が節をつけて歌った。

十年経って、孫たちはだれもその町にはいなかった。祖母はまだ同じ家に住んでいて、本数の減った列車をときおり眺めていた。

さらに十二年経って、駅は廃止になった。駅舎が取り壊され、看板や照明もなくなり、ホームだけになったそこを、一日に数本の列車が通り過ぎた。あの家に祖母はいなくなり、代わりに孫が住んでいた。孫は大きな街に長らく住んでいたが、他の人が買ったものを羨ましいと思っても、自分がほしいと強く思うものは結局見つけられなかった。

祖母がいつも座っていた椅子にもたれて、孫は駅でなくなった駅を見た。銀色の最新型の列車が速度を落として走っていき、四十六歳になった孫は、立ち上がって、縁側のガラス戸を開けた。ぬるい風が、遅れて列車の音を運んできた。

父の祖父は、港町で金物屋をしていたそうだ。会ったことはない。わたしが生まれる五十年も前に死んでいた。酔っぱらって海に落ちたのだという。父は自分が酒飲みなのをその祖父のせいにしたが、父の母によれば、慣れない酒を夏祭りで飲んだからで、酒飲みだったわけではないとのことだった。一方、別のときに父の父から聞いた話では、酒に弱いわけではなかったから酒のせいではない、あのあたりは夜になると真っ暗で、なんで親父がそんなところへ一人で行ったのか今でもわからずじまいだ、ということだった。

港のすぐそばだった金物屋の建物は、とうにない。父は子供のころその裏の家で暮らしていたが、金物屋だったところも、その裏の家も、今は拡幅《かくふく》した道路の一部らしい。わたしはそこへ行ったことはない。もう誰も縁のある人はいないから行っても仕方がないと、父はいつも言うのだった。

その港町には温泉もあるらしく、たまにテレビの旅番組で映っているのを見かけると、行ってみようかと思うが実現していない。テレビを見ながら、この港のどのあたりに金物屋があったのだろうと思うが、わかるはずもなかった。父の母は、港の近くにある食堂の娘だった。食堂は金物屋よりも前からあったらしい。祖母の父親が兄弟で始めた。しかし店が忙しくなってくると仲違《なかたが》いして、弟のほうは町を出て別の商売をしたがうまくいかなかった。

兄のほうは死ぬ前の日まで店に立っていた。鯛《たい》のあらを使ったみそ汁が店の名物で、その日もそれを作っていた。それは彼が子供のころに母親から作り方を教わった、その通りの作り方だった。母親は遠い町から嫁いできた。生まれた町には海はなかったと話していた。

ラーメン屋「未来軒」は、長い間そこにあって、その間に周囲の店がなくなったり、マンションが建ったりして、人が去り、人がやってきた

駐車場の真ん中に、ラーメン屋が一軒あった。

トタンの波板《なみいた》で囲われた、風が吹けば倒れそうな佇《たたず》まいだが、いちおう二階建てで、店主の住まいでもあった。「未来軒」と、店の外観に似合わない名前がついている。開店の時、頼んだ看板屋が「来来軒」を「未来軒」と間違えたのが店名の由来だと店主はよく冗談交じりに話していたが、ほんとうかどうかは常連客の誰も知らなかった。「来来軒」にしたところで、どんな意味があったかは、店主も答えられなかった。

店が建ったころは、両隣も似たような店舗だった。間に合わせの安普請《やすぶしん》で、右隣の飲み屋は傾いて「未来軒」にもたれかかっていた。左側は年配の女性向けの洋服屋だったが、近所の女たちが世間話をしに寄るだけで、買う人を見かけることはなかった。

「未来軒」の裏手は、長屋だった。間口の狭い、そして一階と二階は別の家になっている木造住宅がひしめくように建っていた。向かいの軒がくっつきそうなほど狭い路地に、玄関の戸ばかりがずらっと並んでいた。日の当たらない路地では、蠟石《ろうせき》で絵を描いたりして遊ぶ子供もいたが、たいていはどこかの家のじいさんが座っていた。座面のビニールが破れて中のスポンジが露出した丸椅子をどこかから持ってきて、ほとんど一日中、座っていた。特になにをするわけでもなく、通りかかる人に「こんにちは」と言うだけだった。暑い時期は肌着姿で、寒くなるとその上にジャンパーを羽織っていた。

じいさんは、「未来軒」に何度か来たことがあった。毎回ラーメンを頼んだ。ほとんど話すことはなかったが、店のテレビで流れていたサスペンスドラマを見上げて、昔ここに住んでいたと言ったことがあった。ドラマのクライマックスで犯人が追い詰められる崖だった。その近くの小さな漁村で、じいさんは生まれたのだそうだ。でも親父は漁師じゃなく流れ者でね、ここにも長くいられなかったよ、とじいさんはぼそぼそと話した。そうですか、十年も前に観光に行きましたけど、こっちの側は土産物屋が並んでるし遊覧船はでかい音でアナウンス流してるしで、想像してたのと雰囲気違ったなあ、と店主が言うと、じいさんはへえ、とだけ返した。

じいさんを見かけなくなったのはそれから二、三年後だった。引っ越しを見た者はだれもいなかった。あるはずのものがないとねえ、ちょっとさびしいよねえ、と長屋の住人の一人は「未来軒」でチャーハンをかき込みながら言った。

その頃には、長屋の住人は半分ほどになっていた。この区画にマンションを建てる計画があるらしく、「未来軒」の店主のところにも不動産屋が何度も訪れた。

世の中は、なんでもかんでも値段が上がっていた。特に土地は、二年前に買った値段の倍で売れた、などという話もよく流れてきた。しかし、「未来軒」のおおかたの客には、そんな話は無縁だった。むしろ、大家が家賃を急に上げると言ってきて困るだとか、自分たちの給料ではもう家を買うことは一生ないだろうとか、先行きの見えない会話ばかりだった。駅前に新しく建ったマンションの最上階が一億円だと馴染みの客から聞いたときは、店主は冗談だとばかり思っていた。都心でもないこのあたりでそんな法外な値段の部屋を買うものがいるわけがなかったからだ。

それが嘘ではないと知ったのは、飲み屋の向こう隣の八百屋が、土地を売って引っ越したときだった。八百屋は駅前に小さな家を持っていて、そこを売った金や立ち退き料を合わせて多額の金を手にし、その最上階の部屋を買ったのだった。

駅前は、夜中まで賑やかだった。酔っぱらった男たちと女たちが騒ぎ、どの店も一年中クリスマスのような飾りできらきらしていた。都心の繁華街ではもっと大騒ぎだと、客たちは言っていた。家が買えるような値段の車や時計を自慢し合っている、外国にコンドミニアムを買ったやつもいる、などという話は、店主にはあまり具体的なイメージは思い浮かばなかった。ただ、学生時代から店に通って安いラーメンとチャーハンのセットばかり食べていた若者たちが、大きな仕事が決まったとか、憧れていた映画監督の事務所に入れたとか、外国で賞をもらったとか、そんな話を聞くのは楽しかった。

「未来軒」にやってくる客も、この店をなんで売らないの、売ってマンションにでも引っ越せばいいじゃないかと、半ば本気で言うことが増えた。店主は、細々と金を貯めてやっと手に入れた店だったし、しつこくやってくる不動産屋の悪い噂も聞いていたので、売るつもりは毛頭なかった。

長屋の入口の家が放火されたのはその頃だった。ボヤで済んだが、真冬に消防車からの水を散々浴びた長屋は、半分が住めなくなった。地上げ屋の仕業だと近所の誰もが思っていたが、おおっぴらに話すものはいなかった。路地に座っていた老人は引っ越したのではなく行方不明だ、という噂も何人かから店主は聞いた。

「未来軒」には昼となく夜となく、無言電話がかかってきた。店主は、電話線を引き抜いた。出前はやっていなかったし、出入りの業者に文句を言われたくらいだった。独り身の気楽さもあった。隣の飲み屋は、奥さんとまだ小学生の息子がいたし、反対側の洋服屋は、商店街の入口の靴屋の母親だった。飲み屋は妻と子供の身を案じ、洋服屋は靴屋の息子から諭《さと》されて、相次いで店を手放した。

ほどなく、両隣の店は取り壊された。相当にくたびれた木造トタン張りの、ほとんど小屋のような建物を壊すのに、解体業者は大げさな巨大重機を持ち込んだ。乱暴に隣の建物が崩される度に、「未来軒」は揺れ、壁にひびが入った。どうにでもすればいい、と店主はそのころには開き直っていた。おれが殺されたり店が燃やされたりしたら保険金で宴会をしてくれ、などと言って客を笑わせていた。

しかし、馴染みの客たちも、マンションを買ったり、遠い郊外のニュータウンにマイホームを建てて、離れていく者が増えた。相変わらず店に通ってくるのは、独り身の、主には建設現場や工場で働く中年男たち、それから近くの大学の学生たちだった。その大学も、移転の話が持ち上がっていた。

「未来軒」の周りはすっかり更地《さらち》になり、一時的な駐車場になった。似たような駐車場が、街のあっちにもこっちにもできていた。建物がぼろぼろと欠けていき、今までいた住人がいなくなった。ワンルームマンションや一階から八階まで全部スナックの入るビルが次々に建った。どの建物も、真っ白でピカピカして、入口は決まって大理石と金色の取っ手の組み合わせだった。

不動産屋が依頼した業者からのほとんど脅しのような連絡が止《や》んだのは、突然のことだった。なんの前触れもなく、音信が途絶えた。

近所で進んでいたマンションの建設工事が、途中で止まった。二階部分のコンクリートまで作られたそれは、それから七年も放置されることになった。

「未来軒」は、最低限の補修をしただけで、隣の飲み屋と洋服屋と支え合っていた壁にその屋根の痕跡を残したまま、どこも変わらなかった。「来来軒」のはずが間違われたという、もうだいぶ剝げた看板もそのままだった。暗くなるころに、駐車場の真ん中でぽつんと「未来軒」に灯《あか》りがともった。

駅前は、だんだんとさびしくなった。次々に建った真っ白いビルは、「テナント募集」の看板だらけになった。ワンルームマンションは、ベランダに放置されたごみが目立つようになった。商店街の店も、少しずつ閉まり、代わりに格安のチェーン店とコンビニばかりになった。

「未来軒」は何十年と値段を変えていなかったので、そのめずらしさも手伝って、客が増えた。その中に、毎回、ラーメンとチャーハンと餃子を頼む若い男がいた。店主はてっきり近くの大学の学生だと思っていたが、二年通ったころに、若い男は自分には調理師になって自分の店を持つ夢があり、ここで働かせてほしい、と言ってきた。店主は最初は拒んでいたが、男があまりにも熱心で、店主も腰を痛め、腎臓を患ったこともあり、男をアルバイトとして迎え入れた。

それから二十年近くたって、「未来軒」はそのアルバイトだった男が店主になっていた。駐車場は駐車場のままだった。道路を挟んだ向かいには背の高いマンションが建ったが、空き部屋が目立っていた。

戦争が始まった報せをラジオで知った女のところに、親戚の女と子どもが避難してきていっしょに暮らし、戦争が終わって街へ帰っていき、内戦が始まった

戦争が起こったという報せを、女はラジオで聞いた。年明けから、戦争が始まるかもしれないと言われていたが、その報せは唐突だった。

女の家は、国境から近かったが、町から隣の町へと続く山道の途中にあったから、その報《しら》せを聞いたとき、女は一人だったし、周りはとても静かだった。芽吹き始めた木々に日が差し、鳥たちが鳴いて、それは報せが流れる前となにも変わらなかった。暖かい日だった。

半年経って、都会の親戚一家が女の家へ避難してきた。都会ではときどき爆撃があった。親戚の住むあたりはまだ無事だが、勤め先の工場のある一画に爆弾が落ち、疎開を決めたのだと一家の妻は興奮して語った。子どもたちは急な変化に戸惑って、部屋の隅でおとなしくしていた。夫は、兵士ではないが通信の技術者として戦場近くの基地へ派遣されたのだという。その夫が、女の叔父にあたるのだが、十年も前に誰かの葬儀で会ったきりだった。

初めて会ったその妻は明るくよくしゃべる人で、どちらかといえば一人で過ごしたい女は距離をつかみかねていたが、年齢が近いこともあって、二週間もすれば学校の友人たちと同じように、身の回りのことをあれこれ話すようになっていた。

当初、戦況は圧倒的に優位で、戦争は数か月で終わると政府も報道も伝えていた。町の人たちもそう言っていた。誰もが、女も、親戚の妻も、そう思っていたが、それは願望に過ぎないこともおそらくどこかで知っていた。

一年が経つころには、生活用品や食料の値段が上がり、数も減った。女は、家の周りで野菜を植えていたのでそれほど差し迫った事態にはなっていなかったが、牛乳を分けてもらっている知人からもだんだんと渋られるようになっていた。親戚の妻は、近くの農家で農作業を手伝ってわずかな金を得ていたが、夫からの連絡も途切れがちになっていた。子どもたちはまだ学校に通わない年だったが、大人たちの深刻で疲れた様子を察してか、家や庭の隅でおとなしく過ごしていた。

親戚たちが女の家で暮らし始めてちょうど二年が経ったとき、都会は徹底した爆撃に遭った。ラジオや新聞で伝えられるよりも被害はひどく、建物なんてもう残っていないと町の人たちから聞いた。夫の勤める基地も爆撃に遭ったらしい、と妻は表情を変えずに言った。離島の基地へ転属になったとの手紙のあと、夫からの連絡は途切れたが、怪我をしたとか死んだとかいう報せもなかった。

あるとき、隣の町まで、敵方の軍隊がやってきた。そのとき、女は家にいて、身を寄せている子どもたちも通い始めたばかりの学校にいて無事だったが、農産物を隣の町まで運んでいた妻は、その日は戻らなかった。砲弾の音が響き、夜になると飛行機が何度も上空をかすめるように過ぎていった。うっすらと煙が漂い、いやなにおいがした。隣町の方角の空は、赤く光っていた。

妻が帰ってきたのは二日経ってからだった。持っていた鞄を失くし、顔と脚に傷と痣《あざ》ができていたが、隣町でのできごとを話すことはなかった。どこで過ごしていたのか、なにを見たのか、なにも話さなかった。

しかし、敵方の軍隊の侵攻は、そこまでだった。戦線を拡大しすぎて補給や指揮系統が悪くなったのだ、としばらくして形勢の逆転が伝えられたとき、妻が働きに行っている農家の主は言った。

それから一年後に戦争が終わったとき、親戚一家が暮らしていた都会には、なにも残っていなかった。家も市庁舎も学校も図書館も教会も、爆撃で残骸になっていた。

道だけはあるの、と、春を待ってから街の様子を見に行った妻は言った。通りの形と名前だけは、前と同じ。でも、それだけ。

妻が子どもたちと女の家で暮らしていこうと決めた夏、夫が迎えに来た。ずいぶん痩せて、顔も別人のように老け込んでいた。大怪我をして入院し、さらにそこで伝染病にかかって生死をさまよった。港町の工場で技師の仕事を紹介してもらったから、そこで生活を始めよう、と夫は言った。それから一週間、夫も女の家で過ごし、近所で穫れた野菜や果物を食べ、生気を取り戻して一家で港町へと移っていった。

それから、夏になると妻は子どもたちを連れて、女の家にやってきた。夏に過ごす家ができてうれしい、と妻も子どもたちもよろこんでいたし、女もその時期が来るのを毎年楽しみにした。夫の仕事も順調だ、と妻はやっと落ち着きを取り戻したようだった。

十年後、クーデターをきっかけに政治体制が変わり、国は内戦状態になった。反政府軍が女の家の近くにも現れるようになり、女は知人を頼って別の大陸の国へと移住した。新聞やテレビで伝えられるニュースでは、故国の状況は悪くなる一方だった。港町に住む親戚一家も、国を出ることを考えていると連絡があった。そのころにはすでに、女が住んでいた谷間の地域は反政府軍の占領下に置かれていた。

親戚一家は、女とはまた別の国へと移った。言葉も通じないが、新しく発展している小さな国で、夫がいい条件で仕事ができるのだと、それが最後に妻から女に届いた手紙だった。

女たちの故国が落ち着いたのは、十年近く経ってからだった。女も、妻も、互いの消息は知らなかった。女が故国に戻ることができたのは、さらに何年も経ってからだった。国にはもう親戚の誰も残っていなかったし、女ももう一度だけ故郷を見たいと思って数日滞在するだけだった。

船が着いたのは、戦後に親戚一家が暮らしていた港町だった。故国は今では大国からの援助で支えられていて、昔はひなびていたその港町にも、遊園地や観光施設ができていた。女は、親戚一家が住んでいた通りの名前を探し、それらしい場所にたどり着いた。そこは観光客向けの歓楽街になっていて、古い建物もほとんどがホテルに改装されていた。通りの形と名前だけは同じ、と最初の戦争のときに妻が言っていた言葉を女は思い出した。そして、住んでいたあの谷間まで行くのはやめることにした。

帰る船の上で海を眺めながら、女は妻と子どもたちが訪ねてきた何度かの夏、穏やかで明るかった夏を思い出していた。

その海のずっと先にある国で、妻と子どもたちは暮らしていた。夫はこの国にたどり着いて間もなく、戦争中の病気の後遺症で死んでしまい、妻は縫製工場で長らく働いていた。

子どもたちはそれぞれ結婚して、孫が合わせて三人いた。もうすぐ縫製工場を退職して、長男一家の家に移ることになっていた。昼休み、高台にある縫製工場の庭のベンチに座って、海を眺めるのが好きだった。海の向こうの、もう帰ることのない国のことを思い出した。思い出したくないことも多かったが、谷間の女の家で過ごした日々のことを思うと穏やかな気持ちになれた。そんなときはいつも、どこか遠い場所であの人も同じことを思い出しているという気がした。

あの家には、今は若い夫婦が住んでいた。家の前の道が幹線道路として整備され、長距離ドライバー向けの食堂を営んでいた。もうすぐ生まれる子どもの名前を考えているところだった。

埠頭からいくつも行き交っていた大型フェリーはすべて廃止になり、ターミナルは放置されて長い時間が経ったが、一人の裕福な投資家がリゾートホテルを建て、たくさんの人たちが宇宙へ行く新型航空機を眺めた

船着き場に、フェリーが到着した。

乗り込む車の列は、すでに長くなっていた。普段なら大型トラックが多いが、夏休みで自家用車が大半を占めていた。あちこちの車から、飽きた子供の泣き声が聞こえた。強い日差しに、アスファルトも車体も強烈な熱を発していた。切符を確認する係員の顎《あご》からは、ぽたぽたと汗がしたたり落ちていた。フェリーのハッチが開き、車の列は少しずつ、進み始めた。

埠頭は賑わっていた。大きなターミナルの建物があって、船会社が二つ入っていた。航路は合わせて七つあり、大型のフェリーが入ってきては、大勢の人とたくさんのトラックや自家用車と貨物を積んで、海へ出て行った。

夏休みになると父の郷里へ向かう、その家族の子供は、船の中の売店でうどんとアイスクリームを食べるのが楽しみだった。安い、水色のプラスチックのどんぶりに入ったうどんは、いつもちょっと伸びていたが、売店の横のカウンターで食べると、妙においしく感じるのだった。

二等の客室は、ただ区切られただけのカーペット敷きの場所で、茶色いビニール製の、煉瓦《れんが》みたいな枕が積み上げてあった。父親はそれを肘の下に置いて、新聞を広げながら、映りの悪い、港から離れるとほとんどなにが映っているかさえわからないテレビを見た。母親は、酔いやすいので気を紛らわすために船の中を歩き回っていた。広い船内には、インベーダーゲームや麻雀ゲームの仕込まれたテーブルが並ぶコーナーがあり、埋まっていないことが多い一等客室へつながる階段がある吹き抜けには、シャンデリアが下がっていた。子供は、母親に連れられて、二つ目のアイスキャンデーを買ってもらったり、誰もいない一等客室を覗いたりした。二段ベッドのある部屋は、なにか特別な場所のように思えて憧れていたが、ついに一度も入ることはなかった。父親の郷里へは、フェリーで六時間、そこからさらに車で二時間もかかった。山奥のその村では、お盆に灯籠《とうろう》を灯す祭りがあった。

子供が同じ船に最後に乗ったのは、大学三年の夏だった。大学の自転車サークルの合宿で、父の郷里の県を横断する旅に参加した。

その頃にはもう、埠頭の船会社は一つ、航路も二つきりになっていた。世界最長をうたった橋がいくつも架かり、船を使う客は、運送会社も一般客も、激減した。燃料費も高騰し、残っている航路も廃止されるのではないかと、何度も新聞に記事が出ていた。

子供がその港に降り立ったのは、五年ぶりだった。父の郷里の家は、すでに取り壊されていた。集落の中でも特に不便な、峠をいくつも越えた先に数軒だけ残った家だったので、年寄りだけでは生活できなくなり、麓《ふもと》の町へ移ったのだった。しかし、移ってほどなく、祖父も祖母も相次いで死んだ。

子供は、毎日山道を自転車で走ったが、父が中学を卒業するまで住んでいたその集落は通らなかった。正確な場所も、子供はわかっていなかった。ただ、二日目に走った峠から眺めた山並みが、記憶にある風景のままだとは思った。帰りは、フェリーでなく、開通したばかりの橋を通って、その先で列車に乗った。

一つ残っていた船会社も、埠頭の建物から出たのは、その三年後のことだった。

残務整理が終わったあと、ターミナルは一部が倉庫として使われていたが、そのあとは三年ほど放置されていた。次の夏に、地元の自治体がイベント会社と組んで、アートイベントを開催した。そこそこ集客はあり、それを機に、ターミナルで若い人が喫茶店をやったり絵描きがアトリエにしたりもしたが、何年も続かなかった。

埠頭には、たまに港湾整備のための船が来ることはあったが、ほとんど放置されていた。湾に面した大きな港から運河を少し遡《さかのぼ》ったところに位置するこの埠頭は、流行りの豪華客船は入れず、もう使い道もなかった。コンクリートはひび割れ、埠頭の端に頭を突き出しているように並ぶ係船柱《けいせんちゅう》も、錆びるに任せていた。

地元の住民たちも埠頭の存在を忘れかけていたころ、街を旅行で訪れていた一人の外国人がたまたま近くを通りかかり、放置された埠頭に目を留めた。

彼は、投資会社で巨額の報酬を稼いだあと、世界各地を旅行して暮らしていた。寂れた埠頭の風景がなぜか気に入り、そこにリゾート施設を作ろうと思い立った。外国からやってきたクルーザーが停泊できるよう、関係省庁と自治体の権力者につてを作って、埠頭の周辺に特別な許可を受けた。敷地は、新しく植えられた外国産の木で囲まれた。

埠頭に向かってゆったりと部屋が配置された、低層のホテルが建てられた。その隣、国際的な賞を受けたばかりの建築家が設計したレストランのルーフテラスでは、毎日のようにパーティーが催された。ＤＪが音楽をかけ、それは真夜中過ぎまで敷地の外に聞こえた。

夏の夜、ルーフテラスから埠頭を眺めていたカップルは、花火がささったケーキをつついていた。その日は女の誕生日だった。埠頭には、大型のクルーザーがいくつも並んでいた。青いライトに照らされた埠頭の夜景は美しかった。カップルが乗ってきた船は、そのなかでもひときわ目立つ、最新の型だった。来年の夏に友人が宇宙旅行に行くらしい、と二人は話していた。二人も行ったことがある中東の砂漠から、宇宙空間に突入する新型の航空機が飛び立つのだ。

一年後のその日、埠頭は、流星群と宇宙へ行く新型航空機を眺める人でごった返していた。その日は特別に、クルーザーの乗客やホテルの宿泊客以外でも、埠頭に入ることができた。ホテルの前には屋台が並んで、焼きそばや真っ青なジュースを売っていた。昔の夏祭りの屋台を模したそれらを見て、実物を見たことがないはずの子供たちが、なつかしいね、と盛んに言っていた。

真夜中をすぎたころ、流星がいくつか空を横切り、そして、宇宙へ飛び立った航空機の光も見えた。明るすぎる星みたいなその黄色い光は、音もなく、正確に軌道を滑って、彼方へ消えた。

その光を見ているあいだ、集まった大勢の人々は、静かだった。小さな子供でさえ、少しも声を上げなかった。とても美しかった。

それから何年か経って、投資家は事業を売却し、大手リゾートグループの一部となったホテルはそばの大きな港へ移転した。そのころにはホテルは高級リゾートブランドの地位を確立していたので、イメージを損なわないために、埠頭の建物はすぐに跡形もなく取り壊された。埠頭の船も、姿を消した。対岸にあった工場もすでになくなっていたから、どんな船ももうそこを通ることはなかった。

敷地を囲んでいた外国産の木々だけは伸び続け、高層ビルほどの高さになった。やっと出入りが自由になり、近くに住む子供たちが、ときどき探検に来た。学校で、埠頭は危ないから近づいてはいけません、と言われているにもかかわらず。

五年一組の男児は、埠頭に腰掛けていた。学校を抜け出して、一人だった。冬だったが、日当たりのいい埠頭は暖かかった。

暗い水面の下で、なにかが動いていた。男児は目を凝らしたが、よく見えなかった。顔を上げて、河口のほうを見た。その先の、湾に、船の姿が見えた。それは、その子が初めて見る大型客船だった。

銭湯を営む家の男たちは皆「正」という漢字が名前につけられていてそれを誰がいつ決めたのか誰も知らなかった

駅から続く商店街の端にある銭湯の男たちは、代々名前に「正」がついた。今日番台に座っている年老いた男は「正太郎《しょうたろう》」、息子は「正彦《まさひこ》」、小学校に上がったばかりの孫は「正《しょう》之助《のすけ》」という。

いつから「正」を名前に含めるようになったのか、今では誰も知らない。誰がそう決めたのかも。「正太郎」は、父の「正吉《しょうきち》」から、男だったら「正」をつけるのがうちの決まりだと聞いた。物心ついたときには父から繰り返し言われていて、最初は「正」は男の名前にしかつけることができないのだと思い込んでいた。正太郎は幼稚園には行かなかった。正太郎が子供のころは、幼稚園に行く子供はまれだった。町で一か所きりの幼稚園に向かいのみっちゃんが制服を着て通う姿が羨ましかった。ともかくも、向こう三軒両隣といこたち程度の狭い世間しか知らなかった正太郎は、小学校に入って少々混乱した。担任の「正木《まさき》」先生は女に見えたし、同じ教室に「正子《まさこ》」もいたからだ。ほんとうは男なのに事情があって女のふりをしているのだと正太郎は思った。そんな物語を聞いたこともあった。世継ぎの男児がいると知れると殺されるので女と偽って育て、やがてその子が成長して親の敵討ちに出る。その話の結末は覚えていなかったが、ちょっとした冒険譚にわくわくした感覚だけは強く残っていたので、正木先生や上村正子が実は男だと知っているのは自分だけだ、ばれないようにしなければ、とひやひやしながら半年ほど過ごした。夏休みに正木先生が結婚したと親たちが話しているのを聞いたころから、なんとなく、「正」は男だけのものではないと理解していった。

それほど強くすり込まれた名前の決まりだったので、正太郎は父・正吉にいつ誰が決めたことなのかと聞くことさえ思いつかないまま、大人になって親戚の紹介で隣町の娘と結婚し、初めて生まれた子供が男だったから当然のように正彦とつけた。正彦が生まれる直前に、正吉が脳出血で急死した。だから父は孫の顔を見ることはなかった。しかし、男だったら「正彦」ということは知っていて、満足げだった。正太郎の妻・明子《あきこ》は、「正彦」という名前がそれなりにいい響きで画数も悪くなかったし、父や祖父から一文字受け継ぐというのもごくありふれたことで、正太郎が言った、「正しい行いをする人間になってほしい」というもっともらしい命名理由にも納得していた。

三年経って二人目が生まれるときになって、男なら「正人《まさと》」だと正太郎が言い出したとき、二人とも「正」はややこしいと抗議して、そのとき初めてこの家では男はみんな「正」と決まっているのだと夫から聞かされた。決まっているって誰が決めたの、と妻は問うたが、正太郎は、そんなもん、昔っからそうなんだからしょうがねえ、おれの代で勝手なことをしたらあの世で親父に合わせる顔がねえじゃねえか、と意固地《いこじ》になって譲らなかった。親父の弟も正一郎だし、じいちゃんもその弟たちもみんな「正」がついて、おふくろもばあちゃんもそれに文句なんか言ったことなんか一回もなかったよ。

理屈に納得しなければ行動できない明子にとっては、それは唐突で理不尽極まりないことに思えた。男ならみんな「正」って言ったって、名前に使える言葉なんて限られてるのに家の中に何人も「正」がいたらわかんなくなっちゃうじゃないの。息子たちだって混乱する。次男の名前はなかなか決まらなかった。決まらないまま、次男は生まれ、生まれてからも正太郎と明子の意見は一致せず、出生届を提出する期限の日がやってきて、隣の酒屋の息子で正太郎の同級生でもある勝利《かつとし》が仲裁に入り、「康正」、「正」を下に持ってきて、かつ「こうせい」と音読みすることで決着した。銭湯は正彦が継いで、康正は造船の会社に勤めて遠い地方へ転勤し、その四年後に生まれた息子には「正」の字はつけなかった。

正彦は当初、銭湯を継ぐつもりはなかった。だから自分が将来息子を持っても「正」の字をつけなくてもいいんじゃないかと考えていた。正彦の解釈では、「正」は家系の正統性というよりも銭湯の屋号に近いものだった。伝統工芸の職人で「何代目なんとか」という名前を代々受け継ぐところがあって、代替わりすると戸籍の名前を変更するのだとなにかの本で読み、感心すると同時に自分の名前を変えてまでその伝統を守るというのはどんな気分だろうか、想像がつかない、と三日ほど考え込んだ。そして結論として、銭湯を継ぐのでなければ「正」も継がなくていいのでは、と突然閃《ひらめ》いたのだった。

そのことは父の正太郎には話さなかった。話せば気の短い父が怒ることは容易に想像がついた。パイロットになりたいことも、なかなか言い出せなかった。言い出せないうちに、正彦は成績もよくないし、視力も悪くなったのでパイロットになることをあきらめて、高校を出たあと五年ほど隣県の食品卸《おろし》の会社に勤め、そこの事務をしていた光子《みつこ》と結婚して、銭湯を継ぐために家に戻ってきた。正太郎はよろこんだ。やっぱりおまえはおれの息子だ、「正」の字を受け継いだ、この銭湯の跡継ぎだ、とその夜は遅くまで酒を飲んだ。

正彦の最初の子供は女の子だった。女の子が生まれて安堵している自分に、正彦は気づいた。名前に「正」をつけるかどうか決断しなくてよかったからだ。名前は陽子《ようこ》にした。二年後に生まれた二人目は男だった。正彦は迷いに迷ったが、「正之助」と名前をつけた。当時にしては少々古風な名前だったが、子供のころに愛読していた漫画の主人公にあやかった。光子は、正彦から代々「正」の字をつけることを聞かされても、伝統はだいじにしたほうがいいわよ、受け継ぐものがあるなんて素敵じゃない、とむしろよろこんだ。正太郎は、いい嫁をもらったと気をよくし、銭湯の裏手にある自宅を二世帯住宅に建て替えた。

正之助は小学校に入った。クラスでいちばん小さかった。近眼で眼鏡を掛けていたので、ガリ勉とあだ名をつけられたりした。「将来の夢」という題の作文が宿題に出たとき、正之助は「俳優」と書いた。学校から帰った夕方にテレビで再放送されている時代劇を見るのが好きだったのだ。光子は、そんなのは男が真面目に検討するような仕事ではない、今そう思うのはかまわないが、小学校を卒業するころにはもっと現実的になってほしい、お母さんはここは立地がいいから建て替えて流行りの娯楽施設もある銭湯にすればいいと思う、お父さんは商才があるし、もっと事業を広げるはずだから、おまえもそれを引き継ぐのがいちばんよ、なんといっても「正」の名前をもらったのだから、と話した。光子は銭湯の肉体的にきつい仕事も文句一ついわずにこなした。夜中までかかる掃除を毎日やり、朝は家族の中でいちばん早く起きて朝食を作った。

正之助が高校を卒業するころには、銭湯の客はずいぶんと少なくなっていた。正太郎も腰を痛めて番台に上がらなくなり、裏手の家の居間でぼんやりすることが増えた。正之助は、俳優になるという希望を持ち続けていて、しかしそれを家族には言わないようにしていた。繁華街の映画館に通い、その帰りにできたばかりのレンタルビデオ店で昔の映画を借りるのが日課のようになっていた。光子も、このごろは銭湯を継ぐ話はしなくなった。それでも、正之助に実業についてほしいという希望は強かった。学校の成績もよかったし、先生たちも薦めるように地元の国立大学へ行くものだと疑わなかった。息子がどこか遠くへ行こうとしているのではないかと、正彦のほうはなんとなく感じ取っていた。だが、銭湯を継がなくていい、とは言い出せなかった。息子の名前に結局は「正」の字をつけたように、自分がなにかを変えたり終わらせたりする決断は難しかった。それに、子供のころから遊び場でもあり、仕事を手伝い続けた銭湯に深い愛着を感じていた。毎日来ていた近所の老人たちが、一人、また一人と姿を見せなくなることにさびしさを感じてもいた。

正之助は、地元の国立大学へ進学したが二年で中退し、評判になっていた小劇団へ入った。光子は泣いて反対したが、正彦は黙って送り出した。正之助はしばらくは鳴かず飛ばずで、酒屋でアルバイトをしながら今どき珍しい風呂なしアパートに住んだ。近くの銭湯に通った。行くのはいつも日付が変わるころで、なぜかその時間に来る客は背中に入れ墨のあるものたちばかりだった。実家ではあの大きな湯船に入ることはなかった。正之助たちにとってそこは働く場所だった。客としてゆっくり湯に浸かっていると、銭湯がいいところだと思えるようになった。知らないものたちが風呂に入って黙って帰っていく、奇妙だが安らかな場所だった。

三十歳を過ぎて出演したドラマの脇役が業界内で評判になり、正之助はやっと役者の仕事でなんとか生活ができるようになった。本名で仕事をしていたのだが、「正之助」という名前はてっきり芸名だと思った、とよく言われた。うちは代々「正」をつけることになっていて、と正之助は答えるが、理由もいつからなのかもなにも知らないのだった。

正之助がガラス張りのバスルームが自慢の部屋に引っ越すころ、正太郎が死んだ。もう長いこと介護施設に入っていた。祖母の明子は、テレビで正之助を見るのを楽しみにしていたが、このごろはそれが自分の孫であることを忘れ、若いころに好きだった俳優に見えることがあるようだった。正太郎の通夜の夜、正彦は銭湯を廃業することを正之助に伝えた。折からの燃料高で経営はもう限界だった。正之助は正彦に、風呂なしアパート時代に通った銭湯の話をした。それを聞いた正彦は、自分も銭湯の客になりたかったと思った。

築八十年近い建物は取り壊す予定だったが、長女の陽子が周囲の反対を押し切ってカフェとイベントスペースにリノベーションした。増築してゲストハウスも作ったら外国からの観光客が来るようになった。タイル張りの浴槽は、女湯はステージになり、男湯はバーのカウンターになった。陽子は、銭湯の子に生まれてよかった、と楽しそうに語った。

正之助は四十歳になって、映画監督の今井《いまい》照美《てるみ》と結婚し、翌年に男児が生まれた。照美がある夜に夢で見たという名前をつけた。「正」の字は入っていなかった。

今度の職場なんだけどね、と娘はいつもの調子で話し出した。ラジオがかかってるの、仕事中もずっと。AMで、一日中同じ局で、人生相談とかそういうの。変だよね、仕事中なのに。母親は、そう？　お母さんが若いときに働いてた会社はラジオかかってたよ、音楽だけど、と言った。ほんとに？　職場だよ？　仕事以外の音がしてるって変じゃない？　変だよ？　そうかなあ、と、母親は記憶をたぐった。二つの職場に勤めたが、どちらもラジオがかかっていた。FMで陽気な音楽、という違いはあるが、静かな職場のほうが居心地が悪そうだ。しかし娘があまりに職場は無音なものだと言うので、黙って娘の話を聞いていた。

母親が最初の職場で毎日ヒットチャート上位の、自分の趣味とはかけ離れた音楽を聴いていた当時、彼女は自分の母親に職場や仕事のことを話すことはまずなかった。話すと、彼女の母親は早く仕事を辞めろと言うのがわかっていたからだった。彼女が話しても話さなくても、母親は毎日のように仕事を辞めるようにと言っていた。母親が親戚に頼み込んだ信用金庫の事務職員の仕事を断って、彼女が自分が好きなグラフィックデザインの事務所に、しかもアルバイトで入ったからだった。そんなチャラチャラした職場にはろくでもない男しかいなくて結婚できなくなる、と母親はしつこく言い続けた。わたしのように堅い職場で真面目な人と働くべきだ、と彼女の母親は自分の若いころを思い出しながら言った。

彼女の母親が若いころに二年だけ働いていたある団体の組合の事務所では、職員たちは昼休みにバレーボールをして、そのときに誰かがときどきラジオをつけていた。そこで流れる流行歌は全員が知っていて、皆で歌ったりもした。家に帰ると、彼女は母親にそのことを楽しそうに話した。その母親は、今の若い人はいいわね、と言った。わたしが働いていた工場は、機械の音がするだけで、ちょっとしゃべっただけでものすごく叱られたわ。

二人は毎月名画座に通い、映画館に行く前には必ず近くのラーメン屋でラーメンと餃子とチャーハンを食べ、あるとき映画の中に一人とそっくりな人物が映っているのを観た

映画館に行く前に、二人は必ずラーメン屋に寄った。

映画館は名画座で、封切りから三か月や半年遅れで、映画を上映していた。月に一度、レイトショーで名作やヨーロッパの監督の特集上映もあった。

二人が通ったのはそのレイトショーだった。たいていは午後九時からなので、その一時間ほど前に地下街の本屋で待ち合わせ、そこから地上に出たところにあるラーメン屋でラーメンと餃子とチャーハンを食べて、上映に向かった。

ラーメンは、豚骨スープで、店の看板には笑顔の豚が描いてあった。大学で出会った二人が映画館に通い始める前からある店だが、そんなに古くはなさそうだった。二人が行く時間には、会社帰りの一人客が多かった。彼らはたいていビールも飲んでいたが、二人はラーメンにビールは合わないと意見が一致していた。

映画館は、煉瓦造りの古いビルのいちばん上の階にあった。エレベーターはのろかった。傷だらけになったボタンの「7」を押して、ほんとうに着くのだろうかと不安になるくらい時間がかかった。エレベーターのドアがゆっくりと開いて降りたそこには、売店もなにもなく、映写室すらなかった。細長い折りたたみ机で、何度行っても顔を覚えられない地味な女が、入場券のミシン目を切り離して渡してくれた。そのうしろに、むき出しの映写機が二台あり、フィルムの入った大きな缶が床に積んであった。

壁には暗幕が引かれ、パイプ椅子が並んでいた。小学校や中学校の体育館を、二人のうちの一人はいつも思い出した。映画を見終わったら、二人は地下街を通って駅まで行き、それぞれ別の路線に乗って帰宅した。それが、二か月か三か月に一度のペースで、五年も続いた。

あるとき、観た映画の中に、一人にそっくりな人物が映っていたことがあった。

それは台湾の映画で、主人公の少年が付き合い始めたばかりの同級生の少女と映画館に行く場面だった。映画館の暗闇に、映写機から放たれた光が広がる。白っぽいその光の中に、埃が舞っている。少し緊張した少年の顔と、隣に座っている彼のことは意に介さずに画面に見入る少女の顔が、その光に照らし出されている。なんの映画かはわからないが、英語のラブコメディのようだ。

彼らの後ろの列、彼女の頭の斜め後ろに、その人物は座っていた。薄暗い中でピントも合っていないのではっきりしないはずなのに、それに気づいた瞬間、一人は、あっと声を上げそうになった。自分に似ている人間がこの世には三人いるというが、あれは間違いなくその一人だ、と思ったのだった。もしかしたら自分はあの映画館に行ったことがあって、実はそのときにゲリラ的に撮影をしていて、知らずに映ってしまったのかもしれない、とさえ思った。一人は、もう一人を肘でつつき、あれ、と囁《ささや》いた。わたしにそっくり。

もう一人は、なにを言われているかわからず戸惑ったが、視線をさまよわせてそれに気づいたとき、やはり、あっ、と言いそうになった。ほんとだ、とつぶやいたあと、台湾なんていつのまに行ったの、と聞きそうになった。映画館のシーンは、ほんの二、三分だった。スクリーンの中の少年は暗闇の中で少女の手を握ったが、少女は表情を変えることなく、画面を恍惚《こうこつ》として見続けていた。少年と少女が並ぶところを正面から撮ったカットだったので、彼らに見つめられているように、二人は思った。そのうしろの、台湾にいる一人とそっくりな誰かにも。

二人で映画館に行ったのは、それが最後だった。そのときは最後になるとは二人とも思っていなかったが、二週間後に一人の転勤が決まり、慌ただしく引っ越しの準備をして街を離れたのだった。

もう一人は、あと三回、その映画館に行った。一人で行くときはラーメンを食べないで、近くのカフェでコーヒーを飲んでから行った。

冬の終わりの寒い日だった。映画が終わってエレベーターホールに出ると、いつもは閉じている非常口のドアが開いていた。近づいて見ると、夜の空が見えた。

非常階段の踊り場は、まるで、夜の闇に浮かんでいるかのようだった。先月来たときはあった裏手のビルが取り壊され、広大な更地になっていた。それを取り囲むほかのビルも、表とは違って通気口や階段の小窓しかない傷んだ壁を向けていて、都会の真ん中なのに、人の気配がまったくなかった。

そこだけが暗闇を湛《たた》えた深い池のようだった。冷たい風が吹き付け、足下が揺らぐようで怖かったが、しばらくそこにいて、その闇を見ていた。遠くで高層ビルの窓の灯りが、ちらちらと瞬いていた。

映画館の入っていた古い煉瓦造りのビルはその半年後には取り壊された。しかし、そのあとの不況で、再開発計画は頓挫し、そこはしばらく空き地のままだった。

新しい建物が完成したのは、それから十年も経ってからのことだった。

その頃、街に残っていた一人のほうは、台北《タイペイ》にいた。三泊四日の観光旅行だった。友人たちと、食べ歩き、買い物をし、深夜まで営業している巨大な本屋に行った。

夜の路上で占い師に将来を見てもらっているとき、映画の一場面で自分にそっくりな人間を見たことを、急に、思い出した。台北が舞台だった。映画で見たのと今の街はもうずいぶん風景が違っているが、あの映画館はどこだったのだろう。この街のどこかにあるはずだ、となぜか確信があった。撮影されたのが公開の少し前だったとして、映っていた自分とそっくりな人は、年齢もそう変わらないだろう。

あれから、映画もたくさん観たし、外国にも何度も旅行に行ったが、自分に似た人は見たことがなかったし、誰かから似た人を見たと言われたこともなかった。

翌日、戦時中に日本政府が建てた建物を改装した商業施設に行った。ギャラリーやカフェや雑貨店が入っていて、地元の若者や観光客で賑わっていた。その日の夕方には出発だったので、おみやげになりそうな雑貨を探して回った。

建物の片隅に、建設時の資料や年表が展示されている場所があった。近づいて見ると、記念写真があった。当時は酒の工場だったそこで働いていた人たちが学級写真のように整列して写っていた。白黒で、パネルに引き伸ばしたせいで、ひどくぼんやりとしていた。そのいちばん左に立つ子供が、あの映画で見た人に似ているような気がした。目を凝らしていると、最後に映画館に行った日に見た、暗い空き地の光景がよみがえってきた。

その頃、もう一人は、出張で元いた街に帰ってきていた。二泊三日、仕事が立て込んでいたので、若い頃に馴染みだった店に行ったり友人に連絡したりすることさえ思いつかなかった。

泊まっていたビジネスホテルから駅へ向かう途中、前を通っても、そこがあの映画館があった場所だということにはしばらく気づかなかった。交差点で信号待ちをしているとき、見覚えのある風景だと思って振り返った。

そこには、超高層の巨大なビルが建っていた。ガラスが空を反射して、青く光っていた。

二人は、連絡も途絶え、疎遠になっていた。たまに、あの映画館で観た映画のことを思い出すことがあった。あのときさー、と誰かに話したくなったが、あの映画館にいっしょに行ったもう一人以外には通じない気がして、やめてしまうのだった。

好評の既刊

＊印は6月の新刊

わたしの中の自然に目覚めて生きるのです 増補版
服部みれい　悩みの答えを見つけるには
43611-5 680円

森毅 ベスト・エッセイ
森毅　池内紀 編　生きるのがきっと楽になる
43615-3 950円

父が子に語る日本史
小島毅　次の世代に何を伝える?
43624-5 800円

温泉まんが
山田英生 編　白土三平、つげ義春、楳図かずお、他収録
43631-3 780円

したたかな植物たち ●あの手この手のマル秘大作戦【秋冬篇】
多田多恵子　眠れなくなるほど面白い植物の本!
43619-1 950円

家族最初の日
植本一子　家族で過ごした、素晴らしい瞬間の数々がここにある
43627-6 980円

独居老人スタイル
都築響一　ひとりで生きて、何が悪い。人生の大先輩16人のインタビュー集
43626-9 1000円

やっさもっさ
獅子文六　〝横浜〟を舞台に鋭い批評性も光る傑作
43638-2 840円

エーゲ 永遠回帰の海
立花隆　須田慎太郎［写真］　伝説の名著、待望の文庫化!
43642-9 1000円

高峰秀子の流儀
斎藤明美　没後10年の今読みたい、豊かな感性と思慮深さ
43630-6 860円

鴻上尚史のごあいさつ 1981-2019
鴻上尚史　「第三舞台」から最新作までの「ごあいさつ」!
43636-8 1200円

小川洋子と読む 内田百閒アンソロジー
内田百閒　小川洋子 編　最高の読み手と味わう最高の内田百閒
43641-2 880円

土曜日は灰色の馬
恩田陸　とっておきのエッセイが待望の文庫化!
43647-4 720円

向田邦子ベスト・エッセイ
向田邦子　向田和子 編　人間の面白さ、奥深さを描く!
43659-7 900円

新版 一生モノの勉強法 ●理系的「知的生産戦略」のすべて
鎌田浩毅　勉強本ベストセラーの完全リニューアル版
43646-7 800円

奴隷のしつけ方
マルクス・シドニウス・ファルクス　奴隷マネジメント術の決定版!
43662-7 800円

現代マンガ選集 **表現の冒険**
中条省平 編　マンガに革新をもたらした決定的な傑作群
43671-9 800円

＊現代マンガ選集 **破壊せよ、と笑いは言った**
斎藤宣彦 編　〈ギャグ〉は手法から一大ジャンルへ
43672-6 800円

＊**隔離の島**
J・M・G・ル・クレジオ　ノーベル賞作家の代表的長編小説
43681-8 1500円

＊**必ず食える1%の人になる方法**
藤原和博　「人生の教科書」コレクション2　対談 西野亮廣
43682-5 720円

6桁の数字はISBNコードです。頭に978-4-480をつけてご利用下さい。

7月の新刊 ●9日発売 ちくま学芸文庫

記号論講義 ■日常生活批判のためのレッスン
石田英敬

モノやメディアが現代人に押しつけてくる記号の嵐。それに飲み込まれず日常を生き抜くには？ 東京大学の講義をもとにした記号論の教科書決定版！

09989-1 1700円

ノーベル賞で読む現代経済学
トーマス・カリアー 小坂恵理 訳

経済学は世界をどう変えてきたか。ノーベル経済学賞全受賞者を取り上げ、その功績や影響から現代経済学の流れを一望する画期的試み。（瀧澤弘和）

09997-6 1800円

資本主義と奴隷制
エリック・ウィリアムズ 中山毅 訳

産業革命は勤勉と禁欲と合理主義の精神などではなく、黒人奴隷の血と汗がもたらしたことを告発した歴史的名著。待望の文庫化。（川北稔）

09992-1 1700円

大元帥 昭和天皇
山田朗

昭和天皇は、豊富な軍事知識と非凡な戦略・戦術眼の持ち主でもあった。軍事を統帥する大元帥としての積極的な戦争指導の実像を描く。（茶谷誠一）

09971-6 1500円

叙任権闘争
オーギュスタン・フリシュ 野口洋二 訳

十一世紀から十二世紀にかけ、西欧では聖職者の任命をめぐり教俗両権の間に巨大な争いが起きた。この出来事を広い視野から捉えた中世史の基本文献。

09993-8 1300円

数理のめがね
Math & Science

坪井忠二

物のかぞえかた、勝負の確率といった身近な現象の本質を解き明かす地球物理学の大家による数理エッセイ。後半に「微分方程式雑記帳」を収録する。

09995-2 1200円

6桁の数字はISBNコードです。頭に978-4-480をつけてご利用下さい。
内容紹介の末尾のカッコ内は解説者です。

chikuma primer shinsho

さいしょのしんしょ

ちくまプリマー新書

★7月の新刊 ●8日発売

354
公務員という仕事
津田塾大学客員教授・元厚生労働事務次官
村木厚子

時に不祥事やミスなどから批判の対象になる公務員だが、地道に社会を支えつつ同時に変化を促す素晴らしい仕事だ。豊富な経験を元に、その醍醐味を伝える。

68376-2
860円

355
すごいぜ！ 菌類
八戸工業大学教授
星野保

私たちの身近にいる菌もいれば、高温や低温、重金属濃度の高い場所など、極限に生きる菌もいる。その総数は150万種とも。小さいけれども逞しい菌類の世界。

68380-9
800円

好評の既刊 ＊印は6月の新刊

若い人のための10冊の本 小林康夫 ほんとうの本の読み方、こっそり教えます 68365-6 920円

どこからが病気なの？ 市原真 人体と病気の仕組みについて病理医が語る 68366-3 840円

はじめての憲法 篠田英朗 気鋭の政治学者による、世界水準の入門講義 68367-0 820円

ぼくらの中の「トラウマ」——いたみを癒すということ 青木省三 つらい経験の傷をこじらせずに向きあい和らげる術 68368-7 840円

一枚の絵で学ぶ美術史 カラヴァッジョ《聖マタイの召命》 宮下規久朗 名画を読み解き豊かなメッセージを受け取る 68369-4 950円

日本史でたどるニッポン 本郷和人 日本はどのように今の日本になったのか 68371-7 840円

子どもたちに語る 日中二千年史 小島毅 日本と中国の長く複雑な関わりの歴史を一望 68370-0 920円

科学の最前線を切りひらく！ 川端裕人 気鋭の科学者たちが知的探求の全貌を明かす 68372-4 940円

英語バカのすすめ——私はこうして英語を学んだ 横山雅彦 全身全霊を傾け英語を身につけたその道のり 68373-1 840円

伊藤若冲——【よみがえる天才1】 辻惟雄 ファンタジーと写実が織りなす美の世界へ！ 68374-8 1000円

レオナルド・ダ・ヴィンチ——【よみがえる天才2】 池上英洋 その人はコンプレックスだらけの青年だった 68377-9 980円

「さみしさ」の力——孤独と自立の心理学 榎本博明 さみしさこそが自立への糧となる 68375-5 760円

＊**部活魂！ この文化部がすごい** 読売中高生新聞編集室 部活をめぐる仲間との情熱のドラマを描く 68378-6 880円

＊**はずれ者が進化をつくる**——生き物をめぐる個性の秘密 稲垣栄洋 ナンバーワンでオンリーワンの生存戦略とは 68379-3 800円

6桁の数字はISBNコードです。頭に978-4-480をつけてご利用下さい。

二階の窓から土手が眺められた川は台風の影響で増水して決壊しそうになったが、その家ができたころにはあたりには田畑しかなく、もっと昔には人間も来なかった

二階の窓からは、川面《かわも》は見えなかった。

今日子《きょうこ》は、自分の部屋であるその二階の東側の部屋から、毎朝土手を眺めるのが習慣になっていた。犬を連れた人が通る。おじさん、おばさん、小学生、柴犬、雑種、ポメラニアン。近くの高校のジャージを着た生徒たちが集団で走っていく。青鷺《あおさぎ》が佇んでいる。烏《からす》が行ったり来たりしている。それが、毎日繰り返された。

小学校に行くにも、中学校に行くにも、それから高校に行くのに駅へ向かうのにも、土手に上がり、橋を渡らなければならなかった。小学校へは歩いて、中学と駅へは自転車で、今日子は土手と橋を何往復したか数え切れない。土手に上がると、川面が見えた。普段は水は少なく、葦《あし》の茂った河原のほうが面積が広かった。川にはときどき鴨がいて、鷺もいた。天気のいい日には浅い川底まで日差しが届いて、波が作る影で模様ができていた。それをときどき立ち止まって眺めた。

夜になると、川面は暗く、深さがわからなくなった。水が流れる音がした。昼間の明るいときよりも、はっきり聞こえるのはなぜだろうかと、今日子は思ったが、それを誰かに聞いてみたことはなかった。

今日子が高校三年の九月、台風に連なる前線の影響でそれまでに経験したことのない豪雨が周辺に降り、川はあっという間に増水した。避難勧告が出て、今日子は両親と妹といっしょに市民会館に避難した。市民会館の講堂には、同級生もいた。配られた毛布を敷いて、眠らずにずっと座っていた。外は、怖ろしいような音だった。ごうごうと、話し声が遮られるほどの雨音が真夜中過ぎまで続いた。講堂の隅に置かれたテレビではニュース番組が放送され、川が映っていた。レポーターが立っているのは、今日子の家のあたりよりもだいぶ下流の、川幅の広いところだったが、増水し、河川敷は見えなくなっていた。

このあたりはだいじょうぶだろうか、と避難してきた住人たちは囁きあった。誰か様子を見に行った、というのも聞いた。こんなときに土手のほうへ行って流されたらどうするのか、と怒っている人もいた。

テレビの画面の中で、演技に思えるほど声を張り上げるリポーターを見ながら、今日子は、土手を思い浮かべた。毎日見ている土手を、暗い水が乗り越える瞬間。土手が崩壊し、いつか見たニュース映像のように、勢いのある水が、町や田んぼに流れ込み、土を削って、家を押し流していく。頭の中で、その光景が繰り返し、見えた。

妹の明日美《あすみ》は、持ってきた携帯ゲーム機に熱中していた。雨の音も、堤防が決壊しそうなニュースも気にならないなんてすごい、と今日子は明日美に言ったが、明日美はそれにも、ふーんと返しただけで、ゲームに飽きると眠ってしまった。

ぎりぎりのところで、水は土手を越えなかった。翌朝早く、今日子と家族は、台風一過の青空の下、家に戻った。今日子は二階の自分の部屋に上がり、窓から土手を見た。そこには、川を見に来た人たちが何人か立っていた。川面はやはり見えなかった。何度も現実のようにはっきりと見えた土手が崩れて激しい流れが襲ってくる光景と、実際にそこにあるものが違うことが、しばらく飲み込めなかった。こんな日でも、高校は授業が通常通りあると連絡が来て、今日子は準備をした。危ないから、と父親が自動車で遠回りをして駅まで送ってくれた。ほんとうはいつもの橋を通りたかった、と今日子は晴れた空を見上げて、思った。

今日子の父親がそこに家を買ったとき、周囲はまだほとんどが田畑だった。川は数年前に改修工事がされ、土手に遊歩道が整備されたばかりだった。川からこんなに近いと危ないのでは、と親戚や知人に言われたが、かなりの盛り土をしたし、上流にダムができて水量を調節するから昔のように洪水は起きない、という開発業者の説明を信じることにした。真新しい二階建てを、引っ越す前に一人で見に来た。一年前に結婚し、半年後には子供が生まれる。ローンを組んで家を買い、順風満帆な人生といってよかった。こんなになにごともなく進んでいいのだろうか、などとは考えなかった。同期や同僚も似たようなものだったし、それが当然の、平凡な人生だと思っていた。

家具のない部屋は、広々としていた。ここにテーブルを、こちらにテレビを置き、などと一通り見て回ったあと、二階のベランダへ出た。土手が見えた。まだ草もまばらで、むき出しのコンクリートブロックが白く光っていた。

自転車が走っていった。しばらくして、犬が歩いてきた。雑種の、白い大きな犬だった。目を凝らすと、赤い首輪をしていた。しかし、周りを見てみても、飼い主らしき人間は見当たらなかった。犬は、軽やかな足取りで、右から左へとまっすぐに歩いていった。それが自分の日課だというふうに、脇目も振らず、橋のほうへと移動した。そして、橋を渡っていったように、彼には見えた。

子供を土手に連れていくときは気をつけなければいけないな、役所にも連絡をしたほうがいいかもしれない。そんなことを思いながら、彼はベランダで煙草を一本吸い、それから、部屋に入って寝転んでみた。新しい畳のにおいがした。

その百年前、土手はもっと低かった。三、四年に一度は川が溢れ、田んぼの稲は水に浸かった。村の人たちは、何度も役場へ陳情に行ったが、長年改善されることはなかった。もっと前、そこは野原と雑木林だった。土手はなかった。川の流れは穏やかで、魚の姿もよく見えた。

たまに、近くの村に住む男たちが、魚釣りにやってくるくらいで、普段は人影はなかった。ある日、別の村からやってきた若い男が、帰る方角がわからなくなってしまった。背の高い葦原で小道を見失い、日も暮れてしまった。

仕方がないので、男は近くの大きな木の下で休むことにした。幸いに暑い季節で、木の根が突き出したところを枕にして、寝転がった。夜空には星が無数に見えた。獣の鳴く声が聞こえて、不気味だったが、歩き疲れたこともあって、そこから動く気もしなかった。

うとうとしていると、水が流れる音が聞こえてきた。あんなに穏やかな川なのに、これほど大きく水音が聞こえるものだろうか、と男はいぶかった。雨は当分降っていなかったし、さっき見た川はわずかな流れしかなかった。水の流れが大きく響き、草むらを風が渡るようにがさがさと音が移動していった。

翌朝、男が目覚めると、木の下にいたはずなのに、川岸に寝転んでいた。起き上がってみると、傍らには川魚が何匹か並べてあった。気味が悪いので、男は慌ててその場を離れた。前の日に散々迷ったのが嘘のように、葦を掻き分けるとすぐに細い道が見つかった。

村に帰った男は、会う人会う人に、河童にかどわかされた、と話した。

それよりずっと前、人間は来なかった。大きな動物もいなかった。風が南から吹き始めると、きまって雨になった。

「セカンドハンド」というストレートな名前の中古品店で、アビーは日本語の漫画と小説を見つけ、日本語が読める同級生に見せたら小説の最後のページにあるメモ書きはラブレターだと言われた

街外れのショッピングモールに、中古品を扱う店があった。ショッピングモールといっても、ディスカウントストアやファストフード店を中心にいくつかの店が並ぶだけの小規模なもので、そのわりにだだっ広い駐車場の片隅に、その中古品店はあった。アビーは、二週間に一度の割合で、大学の帰りにその店に寄るのが習慣のようになっていた。

初めてこの店に入ったのは、まだ大学の授業が始まる前。この田舎町に引っ越してきて三日目に、寮で隣の部屋のカレンに車で連れてこられたのだった。カレンはちょっと物を置く台にもなる感じの古びた木製のスツール、と明確な希望を持ってインターネットで検索してその店に行ったのだが、思い描いた物も、「希望と違うけど出会ったら一目惚れした」ようなものも、広い店内をぐるぐるうろついても見つけられなかった。「希望と違う

けど出会ったら一目惚れした」というのは、カレンのボーイフレンドのことなのだと、引っ越した誰かがまとめて置いていった安っぽい収納ボックスやサイズの合わない靴を見ながらカレンは言った。カレンはよくしゃべって、アビーはほとんど相槌《あいづち》を打っていただけだった。アビーは、シンプルな食器があれば買おうかなと思っていたが、キャラクターの入ったものや大仰《おおぎょう》な花柄に金の縁取りがあるようなものしかなかった。結局、カレンはアウトドアブランドのリュックサック、アビーはプレゼント用の箱に入ったままのペアのタンブラーを買っただけだった。

カレンはその後その店に行くことはなかったが、アビーは慣れない運転の練習がてら買ったばかりの青い中古車でときどきそこに行った。たまには、掘り出し物と呼べるものもあった。水色のペンキがいい具合に剝げた飾り棚は今でもキッチンに置いているし、サイズがぴったり合った赤いハイヒールはクリスマスパーティーのときに役に立った。だけどたいていは、ろくなものがなかった。洋服も食器も、しゃれた感じが出るほど年月を経てはおらず、ただ単に流行遅れの、まだじゅうぶんに新しいのに使う気にはならないようなもので溢れていた。

これ、買った人は買ったときにはいいと思ったのかな、とアビーは何度も思った。間に合わせにしても、それなりにどこかいいと思ったから買ったのだろう。これだけものが溢れている世の中で、すぐそこの大型ディスカウントストアに行けばシャツでも皿でもそれぞれに何種類も並んでいるのだから、買った人はその中からこれを選んだのだ。

アビーは、似たような、少しずつ違う、たくさんのものの中からそれを選び取った手を、店の中にいるとなんとなく想像した。人の全体までは浮かばなかった。ただそれに伸ばした手が、ぼんやりとだがいくつも見えるような気がすることがときどきあった。

それが二週間に一度その店に行き続けた理由なのかは、アビーにもはっきりとはしなかった。そのうちにモールにできたアジア食料品店で食材を見るのもおもしろくなったし、ディスカウントストアで必要なものを買うことも多かったし、車で隣町に行かなければろくに遊ぶところもなかったので、ちょっとした寄り道の一つに過ぎなかったのかもしれない。

あるとき、アビーは店の一角にある本のコーナーで日本の漫画を見つけた。英語に翻訳してあるものではなく、日本で出版されたものだった。ぱらぱらめくってみると、目の大きな女の子と男の子のラブストーリーのようだった。その隣にも、日本語の本があった。それはどうやら小説らしく、文字ばかりが並んでいた。表紙には古い日本家屋の写真がイラストふうに加工されて使われていた。まったく読めなかったが、チョコバーよりも安い値段で売られていたその二冊を、アビーは買って帰った。

部屋で開いてみたが、読めないことに変わりはなかった。漫画のほうは、続きがあるらしく、中途半端なところで終わっていた。1とか2とかの数字はタイトルになかったのに、とアビーは不満に思った。小説のほうは、なんの話かを推測することも難しかった。英訳で日本の作家の本を読んだことはあり、現実と夢が入り交じったようなその短い小説はけっこう好きだったのだが、日本語はまったくわからず、数種類の文字を混ぜて書いてあるこの文章はどこまでが一つの単語かさえも知らせてくれないのだった。

途中のページに、鉛筆でなにか書き込んであるのに気づいた。本文に線を引いたり注釈をメモしたりというのではなく、章の境目の一ページ空いたところに、まとまった文章が書いてあった。印刷された本文と違って、横書きだった。整った文字だ、とそれは読めないアビーにもわかった。

新学期になって参加したクラスで、日本の漫画が好きで日本語もだいたい読めるという男子学生と知り合い、中古品店で買った漫画と小説を見せた。難しい顔をしてページをめくっていた面長でとても色の白いその男子学生は、ノートパソコンでなにか検索したあと、これは八〇年代にとても人気のあった漫画だね、映画化もされている、と言った。ごくオーソドックスなラブストーリーで、最後はヒロインの恋人が死ぬんだ、と余計なことを教えてくれた。小説のほうは、生き別れた父母の人生をたどって旅をする話らしかった。

途中のページに書かれた鉛筆書きの文章については、ラブレター、と男子学生は愛想なく言った。遠く離れて暮らす恋人に本の持ち主が思いを綴っている、相手にこれが届いたかどうかはわからないけどね、と無表情に言った。

アビーは、読めないその本を眺めはしたが、読むことはなかった。何度か日本語を勉強してみようかと思ったが、他の勉強やアルバイトに忙しく、結局手をつけないままだった。

そうして卒業の日が来て、アビーは地元に近い大きな街で仕事をすることになって、四年暮らした寮の部屋を出る日が近づいた。部屋にあるものの大半を、中古品店に売りに行った。売るのは、初めてだった。予想はしていたものの、店までのガソリン代のほうが高いんじゃないかと思うほどの安値だった。少し迷ったが、ずっと部屋の本棚に差したままにしていた日本の漫画と小説も手放した。ここでまた別の誰かが見つけてくれるかもしれない、と思ったからだった。

その「手」が現れたのは、三年経ってからだった。

大学で職を得た日本人研究者の、中学生になる娘が、隣に住む同い年の娘がいる親切な家族が街のあちこちに連れて行ってくれたときに、その中古品店にも立ち寄ったのだった。

店の片隅の本コーナーに、見慣れた文字を見かけて娘はすぐに手に取った。漫画と小説は、アビーが売りに来たあと、三年間まったく同じ場所に並んでいたのだった。

年代物のわりに傷んでいないその本を、娘は小遣いで買って帰った。まだ英語に慣れていない娘は、日本人がほとんどいない小さな町で少しだけ安心した。

漫画は古くさい話だと思ったし、中途半端なところで終わっていたが、絵はきらいではなかった。小説は読みかけて、登場人物は老人ばかりだし後悔ばかりしている湿っぽい話なので早々に挫折し、三分の一も読まないで放置していた。

部屋を片付けていたときに、母親がその本を手に取って開いた。普段は小説はあまり読まないが、舞台が祖母の住んでいる地方都市だったので、懐かしさもあり、すぐに読んでしまった。余白のページに書き込まれた鉛筆の文章は、会わないまま死んだ身内に対する後悔の気持ちが綴られたものだった。小説の内容から気持ちが募《つの》ったことは想像できたが、どんな人が誰に宛てて書いたのか、文面からはわからなかった。もう一度会いたかった、と二度繰り返し書かれていた。

父親の任期が終わって、母親は娘といっしょに中古品店に行った。漫画は帰国の荷物に入れたが、小説は再び、他の家具や雑貨といっしょに売られた。

彼らが帰国してからも、その店はずっとあった。ファストフード店が別のファストフード店に入れ替わっても、アジア食材の店の隣にインド食材の店ができても、相変わらず見映えのしないどうでもいいようなものを売り買いし続けた。ディスカウントストアの系列店の大量閉鎖に伴ってショッピングモール自体がなくなっても、駐車場の片隅の道路際にあったその店だけは残った。店主もすでに何代目かだった。最初の店主を覚えている客はもういなかった。誰かが引っ越してきて、そしてまたこの町を出て行けば、買うものはあったし、売れるものもあった。

アパート一階の住人は暮らし始めて二年経って毎日同じ時間に路地を通る猫に気がつき、行く先を追ってみると、猫が入っていった空き家は、住人が引っ越して来た頃にはまだ空き家ではなかった

アパートの前の路地を、夕方になると歩いて行く猫がいた。鯖柄《さばがら》のいちばん多く見かけるタイプの毛色で、痩せても太ってもいなかったし、これといった特徴もなかったから、ときどき目にしても住人は気に留めていなかった。同じ猫が、ほとんど同じ時間に通る、と気づいたのも、アパートの一階のその部屋に住んで二年も経ってからだった。いつから見かけていたのかもよく覚えていなかったが、少なくとも前の夏も春も、見た記憶はあった。

猫は、必ず、駐車場のある角から歩いて来て、路地の奥の空き家の門の下へ入っていった。気づいてからは、住人は、猫の行く先を何度か追ってみたが、その空き家に入ってからはどこに行くのかはわからなかった。そこをねぐらにしているのかもしれないが、近所の誰かが餌をやっている形跡も見つけられなかった。

猫が規則正しい生活をする生き物だとは知らなかった、と友人に言うと、友人はそんなことも知らなかったのかと呆《あき》れたように言った。その友人は生まれる前から家に猫がおり、しかも常に二匹か三匹が常で、一人暮らしをしている今も実家から連れてきた一匹が傍らにいた。黒猫だった。人見知りの激しい猫で、住人が部屋を訪ねるといつも押し入れに隠れてしまうので、姿を見たことは一度だけだった。

飼ったこともないのにわかるわけがない、と住人は拗《す》ねたように言った。それに、猫を飼っている人は気ままなところがよいというではないか、と反論すると、それは素人の意見だ、と友人は言った。猫をよく知らない者が、猫は懐《なつ》かないだとか、人につかないで家につくとか、犬のように愛情を表現したりしないと、わかったようなことを言う。しかし、うちの猫は自分が帰宅すれば玄関で待っているし、今の家に連れてきたときも自分がいるからまったく戸惑わなかった。

友人からそのような猫の生態を聞いたところで、路地を歩く鯖柄がどこから現れてどこへ行くのかはわからなかった。秋になって日が落ちるのが早くなると、鯖柄が歩いてくる時間も早まった。時計の時間ではなく自然の条件によって行動しているのだな、と住人は妙に感動した。自宅で書き物仕事をしている住人は、鯖柄が通る時間に合わせて散歩に出ることにしていた。

住人がアパートの前に出てしばらくすると、駐車場の角を曲がってくる。心なしか急ぎ足である。あたりを見回すようなこともなく、正面を見てまっすぐ歩いてくる。住人に気づくと、足を止める。それからゆっくりと住人を見る。住人も見返す。目が合っている間は、鯖柄は動かない。出しかけた前足を止めて、静止している。猫の瞳が、明るくないときには丸い黒目になることさえ、住人はこの猫によって知った。猫の瞳は常に縦に細いものだと思っていたのだった。あまりにじっとしているので、住人が申し訳なくなって目を逸らすと、一時停止から再生ボタンを押したように、とっとっとっとと歩き出す。そして、空き家の門扉の下をくぐって、姿が見えなくなるのだった。

空き家は、住人がここに越してきたときには人の気配がまだあった。門が少し開いて、その前に自転車が停まっているのを何度か見かけた。しかし、窓に明かりがついているのを見た覚えはないし、自転車以外に誰かが生活している様子を感じたことはなかった。もちろん、住んでいる人の姿を見たこともなかった。

二階建ての目立った装飾もない家である。昔の風情を感じる木造家屋でもないし、設計に凝った四角い家でもない。モルタルの壁もアルミサッシもすべてどこの町でもいくらでも見かけるものだった。あの家だと、床下に入り込んでねぐらにするというのも難しいのではないか、と鯖柄の後ろ姿を見送って住人は考えた。あの空き家も通り道の一部で、その向こうのどこかに帰る場所があるのだろう。鯖柄は毛艶もよかったので、どこかで餌をもらっているに違いない。住人の鯖柄観察は続いたが、冬になる前に、住人は急に実家に戻らねばならなくなった。父親が体調を崩し、家業を手伝うことになったのだ。引っ越す前の日にも、住人は鯖柄が空き家へ入っていくのを確認した。

空き家は確かに、住人がアパートに越してきたときにはまだ完全な空き家ではなかった。家主の老人は半年前から入退院を繰り返しており、近くに住む次女が荷物を取りに来たり家を掃除したりしていた。住人が越してきたころは、家主は最後の長い入院生活を送っていた。家主が死んだあともしばらく、次女が家を片付けに来ていた。そのころ、次女も鯖柄の猫をときおり見かけていた。庭、というよりも塀との隙間程度の細長い場所に面したガラス戸を開けて掃除していると、そこを鯖柄が歩いて行った。必ず、門のほうからやってきて、積み上げた使っていない植木鉢を足場にしてブロック塀に上がり、裏手の家のほうへ歩いて行くのだった。次女は、一メートル五十センチはある塀に飛び乗る猫の軽やかさに、いつも見とれてしまった。

次女も、猫を飼ったことはなかった。子供のころ、この家で犬を飼っていたことはあった。長男が中学校の帰り道に拾ってきた犬だった。学校の近くから家までついてきたのだと長男は言った。ゴローと名前をつけた。そのときは小さくころころとしていたが、雑種で予想よりかなり大きくなり、散歩に難儀した。散歩に連れて出たのは主に父親だった。ゴローが家に来たときにはまだ小学校に入ったばかりだった次女もゴローのことをかわいがっていたが、一度猫を飼ってみたいとずっと思っていた。しかし、両親も、結婚相手も猫嫌いで、その願望はいまだ叶わずにいた。だから、鯖柄をもっと近くで見たかったが、近づくと、鯖柄は逃げてしまうのだった。

ブロック塀に上った鯖柄は、そのまま塀伝いに歩いて行った。裏手の家には、猫がいた。真っ白い、毛の長い猫だった。だが、その家では猫を外に出さないように気を配っていて、いつも二階の窓に白猫は座っていた。鯖柄が見上げると、白猫もこちらを見下ろした。

白猫が座っている窓は、その家の一人娘の部屋だった。一人娘は、別の町の大学に通ってその町で就職したのだが、部屋はそのままおいてあった。長い休みになると、娘は帰ってきて三、四日過ごした。部屋に転がって猫を撫でた。猫は、母親の知り合いから譲ってもらった。娘が中学生のときだった。子猫が家にやってきたとき、娘はこんなに小さな生き物はすぐに死んでしまうのではないかと不安になって最初はなかなか触れなかった。白い猫はすぐに成長して、友達の家の猫よりも大きな体になった。娘は猫が傍らにいると安心した。その猫も、もう十五歳近くなり、昔のようにお気に入りのおもちゃを振ってみてもちらと見るだけで遊ばなくなった。娘がいないときは、ほとんど一日中窓辺にいるのだと、母親から聞いた。娘は白い猫を今住んでいる部屋に連れて帰りたかったが、狭いアパートで昼間誰もいないのはかわいそうだったし、母親が自分よりも猫をかわいがっているのを知っていた。娘が今住んでいるところへ帰っていくと、白い猫は窓辺に上がった。鯖柄の猫が通るのを待っていた。

日が暮れる前に現れた鯖柄は、白い猫を見上げたあと、ブロック塀の上でしばらく顔を洗っていた。そのあとは、さらにブロック塀を歩き、その先の平屋の屋根、物置と伝って、それから狭い路地へ降り、小さな祠《ほこら》のある角を曲がった。大雨だったり大雪だったりした日以外は、毎日同じだった。

ある日空き家の取り壊しが始まって、そこは猫の道ではなくなった。

〈ファミリーツリー　2〉

母のほうの祖母が生まれたころ、近所で殺人事件があったそうだ。祖母からその話を聞いたときは、わたしは小学校に入ったばかりだったのでびっくりした。子供のころはなんにでも驚いていた。なぜそんな話になったかは、忘れてしまった。おおかた、テレビで似たような事件のニュースを見たとか、そんなところだろう。

祖母が子供のころに住んでいたのは、河口にたくさんあった工場で働く人たちが多く住む町だった。祖母の父もそのあたりの造船所で働くために、中学を卒業してすぐに移ってきたそうだ。寮とは名ばかりの安普請の木造アパートに同じ年頃の少年たちと押し込められ、それでもなんだか楽しかったと、祖母には話していたそうだ。子供ってどんなところでも楽しいことを見つけるものだから、と祖母は言ったが、子供だったわたしは、わたしも子供だけどそのうちにアパートに押し込まれて工場で働かないといけないのだろうかと不安になった。祖母の父を、わたしは写真でしか見たことがなかった。

祖母の父が祖母の母と出会ったのも、その造船所だった。祖母の父が就職して五年後に、商業高校を出て造船所の経理部に就職した祖母の母は、その町で育って、家は工場から川を渡ってすぐ近くだった。就職した理由を、近いから、と祖母の母は祖母の父に言ったそうだ。二人が出会った経緯は、祖母は知らなかった。昔のことだから、年が近いと周りの人がやいのやいの言って結婚させるんだよ、と祖母は言い、子供だったわたしは年が近い誰かと結婚させられるのだろうかと不安になった。

祖母の父母は、若くして結婚し、工場から一駅先の町の木造長屋に住んだ。一階と二階に一間ずつの、狭い家だったが、当時は皆そんなものだった。長屋には、彼らと似たような若い夫婦が何組も住んでいて、あちこちから赤ん坊の泣き声が聞こえてきたし、路地で遊ぶ子供もたくさんいた。彼らにも一年ほどで娘が生まれて、それが祖母だったのだが、名前がなかなか決まらなかった。祖母の母の両親が字画がよくないと納得しなかったのだ。出生届を出す日が迫った夜、生まれてまだ数日の祖母に乳を飲ませるため夜中に起きていた祖母の母は、なにかが壊れる音を聞いた。ガラスが割れるとか固いものが砕けるとか、複数の音が重なった、聞いたことのない音だった。そのあとは静かだった。

翌日、裏手の長屋には警察がたくさんやってきて、若い夫婦の夫のほうが殺されたのだと近所の人たちは話していた。以前から、賭け事をやっているとか借金があるとか言われていた男で、やくざに襲われた。よくある話だったよ、あのころは、と祖母は言い、わたしは祖母は実はとんでもなく怖ろしい世界で生まれたのではないかと考えた。殺された男の妻とは、祖母の母はその後も市場でよく会ったそうだ。穏やかで愛想のいい人だった。祖母の母が抱いていた祖母を見て、お父さんにそっくりね、と言った。他の人はみんな祖母はお母さん似だと言っていたからそのことはよく覚えてたんだって、と祖母は言った。

祖母の母は先月九十五歳になった。

水島は交通事故に遭い、しばらく入院していたが後遺症もなく、事故の記憶も薄れかけてきた七年後に出張先の東京で、事故を起こした車を運転していた横田を見かけた

水島《みずしま》は、就職して二年目に事故に遭った。夏休みに学生時代の友人たちとキャンプに行った帰りだった。十一人で三台の車に分乗し、渓谷の近くにあるキャンプ場で二泊三日を過ごした。

じゃんけんして、行きと帰りは違う組み合わせで車に乗った。返りに水島が乗った車は、横田《よこた》が運転していた。横田が買ったばかりの水色の軽自動車だった。水島と横田は学生時代にはそんなに親しかったわけではなく、共通の友人と何度か飲みに行ったことがある程度だった。

日が暮れて薄暗くなった上に、にわか雨が激しく降り出したころだった。山裾の緩いカーブが続く道で、対向車線をはみ出してきたトラックを避けようとして、スリップした水色の自動車は信号機の支柱にぶつかり、さらに田んぼに落ちた。

乗っていた三人ともシートベルトをしていたし、あまりスピードが出ていなかったこともあるが、三分の一ほどが潰れた自動車を見た人は、助かったのは奇跡的だと言った。

水島がその自動車の写真を見たのは、事故から三か月経ってからだった。助手席に乗っていて、信号機にぶつかった側だった水島は、腰と脚の骨を折って入院した。そのあいだほとんど動けなかった。別の病院に運ばれた横田と後部座席の一人と会ったのも、ようやくそのころだった。

水島は、左足に少し麻痺がある以外は、後遺症は残らなかった。退院して間もなく、職場に戻ることもできた。小規模な会社で、もともと親戚の縁だったということもあり、職場の人たちも仕事のことは心配しなくていいからゆっくり治すようにと見守ってくれたのだった。

怪我が軽かった後部座席の一人は、入院も一週間ほどで済んだし、飲食店の仕事にも支障はなかった。東京で就職していた横田は仕事を辞めることになった、とあとから聞いた。肩を骨折し、額を十針縫ったものの、体は順調に回復した。しかし、車を使う営業職だったのが、事故のあと運転できなくなったのだと、横田と仲のよかった友人から水島は聞いた。今はアルバイトをしているらしい、と。

代わりに横田の両親が水島を訪ねてきて、事故の謝罪をし、治療費などの支払いについて水島の両親と話し合った。横田はどうしているかと水島が尋ねると、元気にやっているが忙しくしていて、自分たちが電話をしてもなかなか出ないのだ、と言った。

水島が連絡しても、返事はなかった。横田は事故のことを思い出したくないのかもしれない、と思った。水島にしても、しばらくは自動車の、特に助手席には乗れなかった。バスもなるべく避けた。薄暮《はくぼ》に雨が降り出すと、事故のときに見た、対向車のヘッドライトやその光に照らされていた雨粒や割れたガラスが、奇妙なほど鮮明に目の前に浮かぶこともあった。そのたびに、水島はしばらく動けなくなった。

東京で働いている別の同級生から、横田に会った、変わった様子はなかった、と聞いたのは次の夏で、そのあとは、名前を聞くこともなかった。学生時代の友人たちと会う機会も減り、もともとそんなに親しいわけでもなかった横田に積極的に連絡を取ろうとも思わなかった。

七年経って、水島は、自分で運転はできないものの、自動車に乗るのに困難を感じることはなくなった。風呂に入って大きな傷跡を見るときや、テレビで事故のニュースを見ると不意に記憶がよみがえってくることはあったが、仕事も順調だったし、三年前からつきあっている相手と結婚の話も出ていた。出張で東京へ出かけるときも、横田のことを思い出すことはなかった。

ある日、水島は東京に出張し、仕事を終えてから取引先の近くの居酒屋で一人で飲んでいた。近くのテーブルに座っている人の後ろ姿に、目を留めた。猫背気味のその佇まいに、見覚えがあった。その人が席を立ったとき、やはり、と思った。横田、と声をかけた。

ああ、と昨日にも会ったような応答を、横田はした。帰りかけていた横田を、水島は隣に座らせ、ビールを頼んだ。

横田は、今は小さい会社だが正社員で経理をやっている、楽ではないがなんとか暮らしている、というようなことを話した。水島は、事故のことを今ではほとんど忘れているが、ときどきすぐ目の前で起こっているように思い出すことがある、でも体はどこも悪くないし、もし事故を起こしたことを気に病んでいるのならそれは考えないでほしい、と話した。

黙って聞いていた横田は、自分は事故のことをなにも覚えていないのだと言った。水島が、自分の見舞いに来てくれたときは事故のことを話したじゃないか、と言うと、そのときは覚えていたようなのだが、しばらくして、突然、前後の記憶が消えてしまった、と話した。学生時代のことも、ほとんど覚えていない。さっき水島に声をかけられて、なんとなく見覚えがあるから知っている人なのだろうと曖昧に返事をしたが、ほんとうは誰かよくわかっていなかった。話しているうちに誰かわかるだろうと思って隣に座った。事故のことはほんとうに申し訳なかった。と、話す横田は、どこか上の空のような、誰かの体を借りてしゃべっているような、落ち着かなさがあった。

　家族と離れ、知り合いもほとんどいない東京でずっと働いているのは大変だろう、自分は後遺症もなかったし、気にしないでほしい、と水島が重ねて言うと、そうか、と横田は言った。それから、自分はここにいるのが気楽だ、と横田は独り言のようにつぶやいた。昔からずっと、自分じゃない別の人になりたいと思っていた気がする、だから、記憶がなくなっていくのかもしれない。

　水島はそれを聞いても、どう返答していいかわからなかった。自分のことを忘れてしまったらさびしいよ、と冗談めかして言ってみたが、横田はぼんやりと頷くだけだった。

　地元に戻ってから友人に横田に会ったことを話したが、友人は横田は今は東京にはいないはずだと言った。両親といっしょに、両親の郷里へ移ったらしい、すっかり元気になって結婚して子供もいるそうだ、と。東京で会ったのは他人のそら似じゃないのか、と友人は笑った。だって、記憶がないと言ってたんだろう、適当に話を合わせていたんじゃないか。

　そう言われてみれば、東京の居酒屋で会った横田は確かに、水島が話した事故のことや学生時代のことを繰り返すだけだったような気もする。だけどそんなことがあるだろうか。

水島は、友人に横田の連絡先を調べてもらい、電話は通じなかったので遠いその町に手紙を出してみたが、返事はなかった。

水島は結婚して、子供が二人生まれた。小さいが家も買った。夏休みになると、子供たちにキャンプに行ってみたいと言われることがあった。車を運転できるようになってはいたが、やはりキャンプには行く気にならないまま、子供たちは就職して家を出た。

何年かして、あのときキャンプに行った友人の一人が地元で蕎麦屋《そばや》を始めるというので、開店の集まりに呼ばれた。蕎麦屋は予想外にしゃれた内装で、振る舞われた蕎麦もうまかった。学生時代の友人たちは、顔も体型も変化してすっかり年を取っていたが、昔のことは驚くほど覚えていて、思い出話で盛り上がった。

水島は話し疲れて、店の真ん中の大きなテーブルの端に座り、ビールを飲んでいた。隣に座った男も一人でビールを飲もうとしていたので、お注ぎしますと言い、店主とはどこのお知り合いですか、と尋ねた。学生時代の、とその人は言った。でも、自分は交通事故で怪我をしたのが元で、学生時代のことを全然覚えていないんです、そのあとのことも記憶が途切れ途切れで。

水島は、相手の顔をしばらく見つめて逡巡したあと、横田？　と聞いた。そうです、とその人は頷いたが、水島の知っている横田とは似ても似つかない顔をしていた。

商店街のメニュー図解を並べた古びた喫茶店は、店主が学生時代に通ったジャズ喫茶を理想として開店し、三十年近く営業して閉店した

商店街を入って三つ目の角には喫茶店があった。

相当古びていて、ショーケースのクリームソーダやホットケーキやサンドイッチの食品模型は色褪せ、埃をかぶっていた。表のドアにも壁にもメニューを図解した小さい板が何枚も並べてあった。シンプルなカップ&ソーサーのコーヒー、福神漬《ふくじんづ》けを添えたカレーライス、夏はかき氷、冬はお汁粉。店主が太い油性ペンで、けっしてうまいとは言えない簡略化した絵を描いていた。値段は赤色だった。

午前中はたいてい、スポーツ新聞を大きく広げた年配の男が二、三人、入れ替わりながらいて、昼頃には女たちが騒々しくしゃべった。

古びている店は、開店したときは、新しかった。食品模型も色鮮やかで、表に出すコーヒー会社のロゴが入った看板もちゃんと照明がついた。店主も、若かった。若かったといっても、四十になろうかというところだった。二十年近く勤めた事務用品の会社を辞め、念願の店を持ったのだった。

店主が東京での学生時代に通った店を理想として、喫茶店は開店した。駅と大学の中間にあったその店は、ジャズのレコードがかかり、いつも音楽や映画を好きな学生たちが長居していた。飴色《あめいろ》に変色した木の壁と、傷だらけのテーブル。棚に乱雑に置かれた雑誌や外国文学の本。店主は在学中、週に二度はその喫茶店に立ち寄った。アルバイトの女の子を好きになったが、なにも告げないまま卒業した。

地元に戻ってきて、高校生までは毎日歩いていた駅前の商店街に、店を出した。忙しい時間帯は高校の同級生だった妻が手伝った。町に残っていた同級生たちが来てくれたし、その知り合いを連れてきたりもしてくれて、商売は順調にスタートした。

この町では、大学に進学するものは少なかった。店主の中学の同級生では、ほど近い臨海工業地帯の工場に就職するか、親の商売を継ぐものが多かった。商店街の乾物屋や金物屋、零細の下請け工場などの仕事がすっかり板についた彼らには、貫禄《かんろく》が出てきた。東京に進学し、ヨーロッパの映画やジャズが好きだった店主は、同級生たちから変わり者と言われていた。

せっかく大学へやったのに喫茶店なんか、と、店主の父親は近所の人たちにこぼした。「水商売」と父親から言われると、「ええ水を使《つこ》てるから立派な水商売や」と、店主は笑って返した。

その父親も、十年も前に死んだ。最後まで、息子の店には来なかった。前を通ることさえ、避けていた。死ぬ前は一年も入院していて、店主は、そのあいだ毎日店と病院を往復した。二人の子供は就職して、もっと便利なところへ引っ越した。妻は、近所の老人たちの話し相手になるボランティアをしていた。

店は、当初の理想の形から大きく変わっていた。客たちの好みに合わせて、棚に置くのはスポーツ新聞と野球漫画。店構えに愛想がなく入りにくいと言われたのでやけになってベニヤ紙の切れ端にコーヒーやカレーライスの絵を適当に描いたら、近所の人たちに受けた。どんどん増やして表に並べたら、おもろい店、とテレビのローカルニュースで紹介され、それが定着した。若いころは打ち解けられなかった同級生たちとも、なんだかんだで親しくなった。こういう店も楽しいもんや、と思いながら、好きな音楽をかけることだけはやめなかった。学生時代の店と違って、レコードではなくCDだったが。

商店街は、閉めたままの店舗が半数を超えていた。「しもた屋」という、若いころに落語で聞いた響きを、店主はよく思い出した。「しもた屋」ばかりの商店街。今どきの若いやつはこんな地味なところに来ないから、と老人たちが店で愚痴を言うが、空き店舗を貸して面倒が増えることを嫌う家主が多いのもさびれる原因だった。喫茶店の客の年齢もすっかり上がった。

昔は歓迎されたアーケードは、それがあることによって昼間も薄暗い、ひっそりとした道になり、そこで、メニューの図解だらけの喫茶店は長く目印になっていた。

さらに十年が経って、その古びた喫茶店は閉店した。

同じころ、店主が学生時代に通った東京の大学近くの喫茶店は、まだ営業を続けていた。学生時代にアルバイトを始めた女が、二十七歳のときに店を譲り受けた。前の店主は、八十二歳になるまで休まずに店に立ち、その後は郊外の自宅でゆっくりレコードを聴くことにしたのだった。

若い女の店主は、店をなにも変えなかった。相当に傷んだ壁や窓際の本棚も、クッションに破れ目のある椅子も、メニューも、そのままにした。壁の破れたポスターも、貼ったままだった。新しい店主が学生だったころよりもずっと前の年代の、大学の学生たちが組んだバンドの公演のポスターだった。この人たち、今はどうしてるんですか、と若い店主は元の店主に聞いたことがあった。さあ、どうだろうね、と元の店主は気のない返事をした。よくここに来てたんですか、と若い店主は重ねて尋ねた。そうなんだろうね、貼ってあるってことは。元の店主の記憶は曖昧なようだった。毎年毎年、新しい学生が入ってきて、それと同じだけ学生たちは出て行って、それを何十年も繰り返してきたのだから、いちいち覚えていないのも当たり前か、と若い店主はそれ以上聞かなかった。元の店主は、思い出話をすることもほとんどなかった。ただ黙々と、毎日コーヒーをいれ、トーストを焼き、レコードをかけた。

レコードは、元の店主が自宅へ持ち帰ったので、店で流れる音楽だけは変わった。

若い店主は、音楽が好きだった。いろんなジャンルの、いろんな国の、いろんな年代の音楽が、好きだった。だから、店でもいろいろな音楽が流れた。

音楽が違うと、違う店みたいに見える、と若い店主はカウンターの中から店内を眺めてよく思った。なにも変わらないのに、何十年も前から同じ壁も、違う色に見えた。目には見えない音楽が空気中に広がって、その場のすべてを変えてしまうのを、若い店主は何度も体験した。

ある年の暑い夏の夜に、河内音頭をかけてみた。学生時代からいっしょにライブやフェスに行く友人に薦められて少し前に聴いてみた曲だった。

CDもレコードもなかったので、動画をスマートフォンで再生し、それをスピーカーにつないだ。若い店主は、都心のマンション育ちで、盆踊りにも参加したことがなく、そのリズムも歌声も新鮮に感じた。軽快で、どこかいい加減な響きもあって、自然と腰が浮き上がってくるような音楽だった。

若い店主はカウンターの中で皿を拭きながら、そのうちに足でリズムを取って、揺れていた。ふと店内を見ると、すぐ前のテーブルにいる客も肩を揺らしていた。窓際にいた二人連れの確かアフリカの打楽器のバンドをしているという学生たちが、手でテーブルを叩き始めた。そうするとその隣の学生が、合いの手を入れた。

若い店主がその光景に目を見張っていると、学生たちの動作がだんだん大きくなり、ほどなく立ち上がって踊り始めた。つられるように、前のテーブルにいる客も立ち上がった。その隣も。

テーブルとテーブルとの狭い隙間で、客たちは思い思いの動きで踊った。たぶん河内音頭の踊り方とは違うのだが、そのばらばらな動きは、スピーカーから流れてくる音楽によって、見事になにか一つの意志を持ったうねりのようになって、盛り上がっていった。

自分はこういうことがやりたかったのだ、と若い店主は思った。

兄弟は仲がいいと言われて育ち、兄は勉強をするために街を出て、弟はギターを弾き始めて有名になり、兄は居酒屋のテレビで弟を見た

仲のいい兄弟がいた。

兄と弟は、二歳違いだった。仲がいい、とよく人から言われたが、本人たちは、特別にそうだとは思わなかった。むしろ、幼いころはよくけんかをした。殴ったり蹴ったり噛みついたりはいつものことで、怪我もした。弟が小学校四年生のころに兄に向かって自転車を投げつけ、兄は腕を五針縫う怪我をした。そのときはさすがに両親から大変に叱られ、以来、取っ組み合うようなけんかは減った。

仲がいい、と周囲の人がよく言ったのは、いつも二人でいたからだろう。両親ともに、祖父が経営する町工場で働いていて、帰宅するのは早くて夜の七時、遅ければ九時や十時ということもあった。母親が昼間に一旦帰宅して夕食を作って置いていくことになっていたが、繁忙期はそれも難しいことがあり、代わりに置かれた千円札を握って近所の蕎麦屋か中華料理屋へ二人で食べに行ったり、それもないときには兄が焼きそばなどを作って弟

に食べさせた。

弟が喘息《ぜんそく》を持っていて、外に出て遊ぶのが好きではなかったせいもあり、家に二人でいる時間が長かった。テレビを見たり、大量に漫画を所有している近所の同級生の家から借りてきた何十巻もある漫画を二人で順に読んだりした。

兄は、成績がよかった。特に熱心に勉強していたわけではないが、興味のあることを自分で調べたり本を読んだりするのが好きだったので、学校の授業もおもしろかった。運動もそれなりにできたし、学校を休めばクラスの女子たちがノートなどを持ってきて楽しげに話して帰っていくこともあった。

弟は、とにかく勉強と名のつくことが嫌いだった。ただ一列に並んでいる文字に意味があることが、長いあいだ受け入れられなかった。数字となるとさらに困難で、図形や模様にしか見えなかった。長時間の運動もできなかったし、会話を続けることも苦手だった。

両親はそんな弟を心配して、兄に弟のことをしっかり見ているように、助けるように、と幼いころから口うるさく言っていた。

しかし弟にしてみれば、両親のそのような言動は、自分を認めていない、なにもできないと思われている、と感じられて、苛立《いらだ》ちは募るばかりだった。テレビや漫画のごくつまらないささいなことを話しても聞いてくれるのは兄だけだったし、なにかと心配して世話を焼いてくれることにも感謝はしていた。が、親戚や近所の人たちがなにかにつけ、兄はあんなによくできる子なのに、と比較するようなことを言うので、家の外にいるときにはわざと兄につっかかるような言動をすることもあった。

一方、兄は兄で、両親が弟ばかりを気にかけ、自分がいくらテストでいい成績を取っても、運動会のリレー選手に選ばれても、それが当たり前だというような反応しかかえってこないので、矛盾した気持ちを抱えるようになっていた。親戚や近所の人たちが、自分のことを、勉強ばかりしてかわいげがない、いい子ぶっている、と言っていることも知っていた。ゆくゆくは町工場を継いでほしいと考えている両親が、遠いところの大学へ進学することや実学ではないと彼らが考える勉強をすることを望んでいないことも、わかっていた。

弟は中学生になって、担任の教師が顧問をしていたギター部に、人数が少ないからと頼まれて入った。それまで楽器に触ったことはなかったが、手先が器用だったし、才能があったのか、みるみる上達した。若いころにはロックバンドを組んでそこそこ人気があったという担任教師よりもうまくなり、中学二年の終わりにはコンテストに出場して準優勝した。

将来を心配していた弟に思わぬ才能があり、弟自身も活動的になったことで、両親は相当によろこんだ。近所で会う人ごとに、祝いの言葉や羨望のまなざしを向けられ、やっぱりこの子は子供のころから人とは違うなにかがあると思っていた、と幸福を感じた。

弟が注目を浴びていたそのとき、兄は、高校でひたすら勉強をした。天文に興味があった。幼いころに近所の友達家族と行ったプラネタリウムで見た、気持ちが悪くなるほど無数の星がまたたく宇宙に圧倒されてから、遠い星の研究がしたいと夢を持っていたのだった。テレビで放送された、宇宙飛行士が宇宙船の中から科学的な実験を解説する映像を何度も繰り返し見て、自分もいつかはこんなプロジェクトに関わりたいと考えたりもした。中学までとは違って級友たちともあまり遊ばず、学校の図書室や地元の図書館に通って受験勉強をし、その努力が実って遠い地方の国立大学へ進学した。そこは育った工場地帯の街とは違って星がよく見えたし、愛読していた本を書いた研究者がいるのだった。両親は当初反対していたが、兄の意志が固いのでそのうちにあきらめた。長く続く不景気で町工場の将来も明るくなく、継がせることがよいかどうかわからなくなってきたのも理由の一つだった。兄は奨学金や生活費を調べて、自分がアルバイトをすればどれだけまかなえるかという計画書も出した。

兄が発つ日、弟はバンドの練習があるからと見送らなかった。兄はそれでいいと思った。自分を知っている人がいない町での暮らしは快適だった。そこでは誰かの息子でも、弟の兄でもなかった。星も見えたし、毎日勉強ばかりしていても、誰も気に留めなかった。本を愛読していた研究者は、思った通りの熱心で優秀な先生で、彼と話をするのも楽しかった。駅前の学習塾でアルバイトをし、生活費はほとんど自分で稼いだ。

弟は高校に入って、本格的にバンドを始め、卒業するころには地元ではライブで客を満員にできるほどになっていた。都会へ出て、別のバンドを組み、すぐに人気が出た。雑誌にも紹介され、両親はそのページを引き延ばして工場の事務所に飾った。

弟は、ライブイベントで知り合った年上の女と付き合い始めた。とても美しく、ドラムがうまい女で、界隈では有名人だった。女の部屋に引っ越し、そこの広いベランダにつったハンモックでギターを弾くのが、なによりも幸福な時間になった。

兄と弟は、ほとんど連絡を取らなくなっていた。弟は、子供のころの反動から兄がいなくても自分はやっていけるのだと意固地になり、金も稼げて歓声や賞賛も浴びる自分の今の状況に満足していた。

兄は、家族のことも、自分が生まれ育った街のことも、思い出すことが減っていった。大学院の博士課程に進んだころ、同じ研究室の学生たちと入った居酒屋のテレビで、弟の姿を見た。音楽番組で注目の新バンドとして紹介されていた。ギターを弾く弟をかっこいいと兄は思った。自分の知っている弟とは別の人間のようだとも思ったが、誇らしくもあった。しかし、そこにいる誰も、それが兄の弟だとは知らなかったし、兄もあれは弟だとは言わなかった。

大学で助手の職を得て研究を続けていたある日、アパートに突然女が訪ねてきた。秋の終わり、冷え込み始めた夜だった。

弟が行方不明だと、女は言った。弟と長く暮らしていた美しくてドラムのうまい女だった。黒いシンプルなワンピースを着ていたが、田舎町では目立つ華やかさがあった。部屋に入るように促したが、女は玄関先で話した。二週間ほど前に出かけたきり、連絡がつかない。以前から二、三日戻らないことはあったがこんなことは初めてだ、仕事はちょうど次のアルバム製作のための準備期間だからどこか旅行でもしているのかもしれないが、気がかりだ、と。弟が女に兄のことをよく話していたと聞いて、兄は驚いた。自分と違ってとても優秀でやさしくて自慢の兄なのだと、弟は言っていたらしい。女は自身のバンドのツアーで近くの町に来たから、弟の手帖にあったこの住所を訪ねてきた。手紙のやりとりをしたこともなければもちろん訪ねてきたこともない弟がなぜ手帖に住所を記していたのか、兄にもわからなかった。

実家には知らせないでほしい、と女は言った。弟は親に迷惑をかけたくないといつも言っていたから、と女が語る弟の様子は兄にとっては弟と結びつかないことばかりだった。

女が帰ったあと、弟に電話をかけてみたが出なかった。実家にも電話をしてそれとなく様子を探ってみたが、両親は何も知らないようだった。工場は縮小するらしく、両親は疲れていた。

　女から電話があったのは、三か月ほど経ってからだった。しばらく前に弟は戻ってきていて、実は浮気相手の家にいたらしいのだが、自分とやり直すことになった、と女は言った。兄は、そうですか、弟によろしく伝えてください、と言って電話を切った。そのあと、弟から手紙が届いた。女のことはなにも書いていなかったが、ベトナムとタイに旅行してきたとあり、いかにも観光地なポストカードが二枚同封されていた。

　しばらくして、ラジオで弟の新曲を聴いた。今までいちばん好きな感じだ、と兄は思った。

屋上にある部屋を探して住んだ山本は、また別の屋上やバルコニーの広い部屋に移り住み、また別の部屋に移り、女がいたこともあったし、隣人と話したこともあった

屋上にある小屋のような部屋か、広いベランダのある部屋ばかりを、山本《やまもと》は探して選んだ。

子供のころにテレビで見たドラマで探偵が住んでいた部屋が理想だった。大人になったらあんなところに住もう、と決めた。それは子供の山本が「大人になったら」と夢見たことの中で、ほとんど唯一実現したことだった。

屋上にある小屋のような部屋も、広いベランダのある部屋も、意外なほど存在した。一人暮らしを始めた当初は、なんとなく気に入った駅で電車を降りて、目についた不動産屋で聞いてみたところ三軒目で見つかったし、このごろは賃貸物件のウェブサイトで検索すればすぐに見つかる。難点は、そういう部屋は古い建物で、かつエレベーターがなく四階や五階まで階段で上がらねばならないことだった。それ故に、それなりに空室があるということでもあった。

最初に住んだ部屋は、小屋、という呼び名がふさわしかった。駅前の四階建てビルの屋上に、プレハブがぽこんと置かれていた。その屋上には、階下のテナント、一階の理髪店の見習いがタオルを干しに来たり、三階の怪しげな健康食品の通販会社だかなんだかの男たちが煙草を吸いに来たりもしたので、ハンモックでも吊ってのんびりという希望は叶わなかった。プレハブ小屋は、六畳にごく小さい台所と狭いユニットバスがついており、不動産屋の話では以前四階に住んでいたビルの持ち主の息子が受験勉強をするために作られたということだった。その言葉を証明するように、壁の隅に穴が開いている部分があった。蹴ったかバットかなにかで殴ったのだろうか、と思いながら山本はその穴の前にカラーボックスを置いた。直さないままでいいなら、という条件で家賃が格段に安かったのだ。山本はその部屋から、新卒で入社した事務機器の販売会社に通った。電車で二十分、乗り換えも必要なかった。

昼も夜も窓のすぐ外を複数の他人がうろうろする環境はまったく落ち着かなかったが、そのうちに何人かと話すようになった。特に、二階の学習塾のアルバイト講師たち。講師は以前は現役の学生が多かったが、大学を卒業しても職が見つからない者たちが増えていた。その中の一人、大学では量子力学を勉強していたという長身の男に、自分の知り合いが持っているアパートにもそんな部屋がある、と教えてもらった。場所を確かめると職場にも通いやすそうだったし、出入りが自由な屋上のプレハブは夜中にドアを叩かれたり開けようとされたりすることも増えたので、山本はそこへ引っ越すことにした。

二軒目の部屋は、川のすぐそばだった。といっても、土手や河川敷があるのんびりした眺めではなく、工業地帯に近い運河で、鉛色の水面にコンクリートの灰色と錆《さび》の茶色が、景色の大半を占めていた。天井の高い倉庫の二階に部屋が並ぶ、イレギュラーな建物だった。その端の一部屋に、ルーフバルコニーがあった。単にコンクリートの屋根のあまった部分なのだが、八畳ほど、部屋と同じくらいの広さがあった。バルコニーに簡易のデッキチェアを置いてみた。運河を、砂利を積んだ平べったい船が上っていくのがよく見えた。ただ、日差しを遮る建物がなく夏は暑かったし、冬は川からの風が冷たかった。

人が少ない街だった。周りも倉庫やなにかよくわからない事務所のような建物が多く、夜や休日は世の中から忘れ去られたみたいだった。ほかの部屋の住人たちとも、ほとんど顔を合わせることはなかった。人影のない日曜の昼間、バルコニーから川を行き交う船を眺めていると、自分はもう死んでしまって別の時代をさまよっているのではないかと思うこともあった。

二年ほど住んだが、もっと賑やかなところに住みたくなり、次に移ったのは、都心で、ビルの谷間だった。それは、ウェブサイトで見つけた。五階建ての建物の屋上とは思えない、穴の底のような場所だった。もっと背の高いビルの、窓もない壁に三方向を囲まれ、残りの一面は高速道路の防音壁がすぐそばに迫っていた。

屋上なのに眺めが悪い、と山本は思った。しかし、そもそもの動機が景色の良さではなく探偵っぽさなので、そこの都会の隙間感、うらぶれ感にはむしろわくわくした。隣のビルの屋上には、高速道路に向けられた巨大な看板があった。たまに、ポスターを貼り替える業者がやってきて、その様子を眺めているのもおもしろかった。

その部屋にいるときは、しばらく女も住んでいた。知り合いの知り合いの女で、飲み会で何度か顔を合わせ、四度目に会った帰りに部屋に連れてきた。自分もこういうところに住んでみたかったんだ、いいなあ、と女は言い、どんどん荷物を運び込んだ。女は誰でも名前を知っている大企業で働いており、こんな日当たりも悪い穴みたいな場所ではなく、高級住宅地やきれいな高層マンションにも住めるだろうに、その部屋が気に入ったらしかった。山本が食事を作ると女はとても喜び、その顔を見ると山本もうれしかった。

一年ほどして、山本が家に帰ると、女はいなかった。その前につまらないことで口げんかはしたが、出て行くとは予想していなかった。女が運び込んだ荷物は、なにも残っていなかった。代わりに、テーブルの上に短い手紙と、山本がずっとほしいと言っていた女が乗っていた車の鍵が置いてあった。添えられていた地図の駐車場に行くと、黄色い小型車があった。

その年の終わりに、山本はまた別の屋上へ引っ越した。黄色い車で、少ない荷物を運んだ。そこは、最上階である四階に二部屋あり、それぞれ広いバルコニーがついていた。部屋の面積の三倍はあった。

柵で仕切られているだけで隣のバルコニーは丸見えだったから、隣人とはよく顔を合わせた。隣人はずっと年上かと思ったが、聞けば同い年だった。よく太った、のんびりした雰囲気の男だった。山本も、隣人も、互いにバルコニーに出ていても気にすることはなかった。たまに山本が友人を連れてきて、バルコニーでビールなど飲んで少々うるさくしても、隣人は、いいですなあ、などと言うだけだった。迷惑そうでもなかったが、加わることもなかった。

あるとき、山本が量販店で買ってきたデッキチェアに寝そべっていると、珍しく隣人が柵越しに話しかけてきた。

前から気になってたんですけどね。

はい。

あのベランダ、ほら、右から二つ目の、上から三つ目の、見えますか？

隣人が指したのは、大通りの向こうにあるマンションだった。よくある茶色いタイルの中規模の建物。その五階のベランダ。

あそこからいつもこっちを見てる人がいるんですよ。ほら、今も柵に腕を乗せて。

山本は目を凝らしたが、そんな姿は確認できなかった。

よっぽど暇なんでしょうね。なにやってんのかなあ。

隣人はそう言うと、ブルーシートに寝転がった。隣人はときどき、ほとんど裸同然のような格好でバルコニーの真ん中に寝転がっていた。熱中症になるのではないかと心配になるくらいだった。

寒くなってきて隣人を見かけない、と思ったら、部屋は空になっていた。いつのまに引っ越したのか、全然気がつかなかった。

山本は、茶色いタイルのマンションの、隣人が言っていたあのベランダを眺めた。しばらく見ていると、中から人が出てきた。太った男が行ったり来たりした。遠目で確かめることはできなかったが、隣人によく似ていた。こっちに向かって、手を振ったように見えた。

山本はその部屋が気に入っていたが、一帯の再開発で建物を取り壊すことになり、立ち退き料をもらって引っ越した。

次の部屋は、線路沿いでうるさかった。そこには三年住んだ。

そのあと、山本は仕事を辞めて、日本海に面した町にある実家に戻った。黄色い小型車で帰った。両親が相次いで他界し、築四十年の二階建てを相続したのだった。よくある建て売り住宅だった。山本は、地元の事務機器の会社の職も得て、暮らしにも慣れてきたので、家にベランダを作ることにした。元々ベランダはあったのだが、物干し場程度の狭いものだった。広いベランダさえあれば、自分の人生は希望どおりになったと思えるような気がした。

二階は一階の半分しかなかったので、一階の屋根の上に、できるだけ広いベランダを作るつもりだった。ホームセンターで材料を買い、一人で少しずつ作った。完成する間際に、山本は屋根から落ち、肩を骨折した。それで一度は作業をやめてしまったが、次の年の春になって、また再開した。そして、犬を飼い始めた。

〈娘の話　3〉

前の職場で先輩だった人に聞いた話なんだけど、とカフェで窓際に座る娘が話し出した。

「その人が前に勤めてた確か建設会社で、ある日突然、来なくなった人がいたのね」

娘の姉は、聞いた。

「なにそれ、怖い話？」

「とりあえず、聞いてよ。経理部の、若い男の人だったんだけど、遅れますって電話があったきり、全然出勤しなくて。こっちから電話をかけても全然出ないから、緊急連絡先に指定されてた親御《おやご》さんのところにかけてみたら、うちにいますからご心配なく、って。いやいや、ご心配っていうか、仕事が滞《とどこお》って、いろいろ差し支えてるんですけど、どうなってるのか聞きたい案件もいくつもあるし、休むなら休むでちゃんとした手続きを取ってもらわないと困りますよ、ってそこの上司が言ったんだけど、なんかぴんとこないような反応だったらしくて。それまでは、仕事とかも普通で、言動も別に変なとこはなかった。ちょっと、その人が処理した書類のことで聞きに行ったりやり直してほしいって頼んだりしたときに面倒そうな顔するっていうのはあったけど」

「あー、うちの会社にもいるよ、注意されたらすぐ休むやつ」

「でね、一応親から欠勤の連絡をもらったとはいえ、それが十日になって、二週間になって、もう有給分もなくなるし、って同僚と上司が家に行ってみたと。アパートは誰も出てこなくて、そのすぐ近くの実家に行ったら、空き家で、隣の人にそこは引っ越しましたよ、って」

「それ、怖い話?」

「それで親御さんの電話ももうつながらないから、こういうのって行方不明の届とか出すものなのか、アパートの管理会社に部屋を開けてもらおうか、とか社内で相談してたら、翌日にその人出勤してきて。何事もない顔で、ちょっと体調崩してたんですけどもうだいじょうぶですから、とかなんとか。もちろん、実家のことも聞いたけど、マンション買っておといがちょうど引っ越しで、って。何聞いてもそんな感じでそれなりに答えて、仕事も普通にこなすから、最初は戸惑ってた経理部の人たちもそのうち慣れっていうか忘れて。五年ぐらい経って、その人が結婚したって届を出したの。突然。結婚式とかもなんもなく、届だけ。上司が、今まで全然聞いてなかったけどいつからそんな話があったんだ、って聞いたら、ずっと前に欠勤してたときに親身になって支えてくれた人なんです、両親が事故で急死してとてもつらかったときに、って話し出して、なんだそれ、ご両親が亡くなったなんて聞いていないし、あのときは確か引っ越したとか言ってたじゃないか、って上司がびっくりして聞き返したら、つらすぎて今まで言えなかったって。そんなこと、あると思う？」

「いやー、どうだろうね」

「細かく聞いたら、親御さんがマンション買って引っ越したのはほんとで、その直後に帰省先で車の事故に巻き込まれてっていうのもちゃんと新聞に小さく載ってたらしくて、調べた限り辻褄《つじつま》は合ってた。それからはその人は仕事ぶりもよくて、職場でもコミュニケーションを取るようになったらしいんだけどね。でもその、わたしに話してくれた人は、ずーっと引っかかってて、転職して何年かしてから、そこの同僚だった人にあの人どうしてるの、って聞いたら、真面目に働いて課長になって、昔のことを知る人も減ってきて、今度部長になるってところだったんだけど、実は為替取引で儲けてた分の脱税で捕まって、やっぱりどこか変だったよねって話になってるって言われたけど、投資で稼いでいるようには見えなかったって言ってた」

「前に巨額の投資詐欺で外国に逃げて週刊誌とかに出てた女の人いたでしょ。あれ、わたしが子供のころに住んでた近所の人だったんだよね。同級生の後輩の友だちのお母さんで、その人もそんなふうには全然見えなかったみたいだよ。その後輩は九州のどこかの県の職員なんだけど、今度選挙に出るらしい」

向かいに座る姉は同級生の後輩の話を始めて、二人ともコーヒーをもう一杯頼んだ。

国際空港には出発を待つ女学生たちがいて、子供を連れた夫婦がいて、父親に見送られる娘がいて、国際空港になる前にもそこから飛行機で飛び立った男がいた

空港で、女学生たちは話をしていた。

十日間の旅行から帰国する便の出発まで、まだ一時間はあった。二つの国の四つの街へ行った。楽しかったね、と女学生は言った。どこがいちばん楽しかった、と別の女学生が聞いた。あの港町の食堂おいしかったねえ、と別の女学生が言った。

国際空港のターミナルは、細長い形をしていた。端から端まで歩いたら一時間近くかかりそうだった。長い長い動く歩道が、いくつも連なっていた。人混みを避けて器用にカートが走り、アナウンスが繰り返し流れた。女学生の一人は、巨大なガラスの壁の向こうで飛行機が飛んでいくのを見ていた。一機飛ぶと、しばらくしてまた同じように飛び立っていく。ガラスに遮られているから、音は聞こえない。とてつもなくうるさいはずなのに不思議だ、と女学生は思っていた。ガラスがあるだけで、なにも聞こえないなんて。飛行機

はジオラマ模型の仕掛けのように、軽く浮きあがって、見る間に白い雲の先へと消えていく。もうすぐ自分たちがあれに乗って、同じように空の彼方へと去っていくとは信じられなかった。十時間以上もかかる途方もない距離を、一瞬も休まずに飛び続けることも。

次はどこに行きたい？　ねえ？

友人から何度か聞かれて、女学生は我に返った。そうだね、今回は海辺が多かったから砂漠かな。答えると、友人たちは笑った。砂漠かー、唐突だねえ、海の次だからって単純すぎない？　砂漠に行きたい女学生はなぜ笑われるのかわからなかったが曖昧に笑い返した。

隣のゲートでは、搭乗が開始された。すぐに長蛇の列ができた。赤ん坊が一人泣き、そうするとつられて他の子供たちも泣き出した。飛行機の行き先は、女学生の知らない地名だった。最初に泣き出した赤ん坊の両親は、現在暮らしている国から飛行機を乗り継いで、故郷のその街へ赤ん坊を初めて連れていくところだった。

母親は腕に抱いた赤ん坊を揺らして笑みを向け続けていたが、傍らで荷物を提げた父親は落ち着きなく周囲を見回していた。空港には、信じられないほどの人がいた。隣のゲートにも、その向こうに延々と続くどのゲートにも、大勢が待っていた。免税店や土産物屋で買い物する客がおり、警備員や掃除係も歩き回っていた。こんなにもたくさんの、数え切れない人たちが、ここではなにかしら目的を持っていることに気づいて、父親は驚いた。どこかに行こうとしている人か、自分の仕事をしている人しかいない。なにもせずただそこにいるだけの人が存在しないとは、なんということだろうか。父親はその事実にぼんやりとしてしまって、列が進んでいるのに動かなかったので、うしろの客に声をかけられた。母親は赤ん坊をあやしながら先に進んでいた。

彼らは、この空港では乗り継ぎをするだけだった。この経路の乗り継ぎ便を利用するのは四度目だったが、毎回忙《せわ》しなくターミナルの中を移動するだけで、空港の外に出たことはなかった。入国審査でパスポートを見せ、管理官にじろじろと検分されるのに、この国のことはなにも知らなかった。

赤ん坊は泣き止まなかった。すぐそばに並んでいた年老いた、美しい銀髪の女が、だいじょうぶよ、と声をかけた。赤ちゃんはね、泣くのが仕事だから。それを聞いて父親は、この子は少なくとも自分の目的地を自覚してはいない、と思い、なぜか安堵した。

赤ん坊をあやした銀髪の女は、ガラス越しの滑走路と空を懐かしく眺めた。

彼女が初めてこの空港から飛行機に乗ったのは、四十年前のことだった。今は三つあるターミナルは、そのころは一つだった。当時、彼女は夫の仕事のために外国に住んでいて、年に一度はこの空港とその国の空港を行き来した。まだ飛行機に慣れていなかった。乗る度に不安だった。大きな事故が起きたニュースもときどきあったし、夫は仕事が忙しくて先に仕事に戻り、彼女は一人で飛行機に乗らなければならないこともあった。列に並ぶ彼女は、飛び立つ飛行機を恨めしく眺めた。こんな乗り物を作ったから、怖い思いをしなければならないし、時差で体調も悪くなる。

まだ若かった彼女が不安げな顔で荷物を預けているときに、どうってことないさ、と父親が声をかけた。見送りに来た彼女の父親は、その二十五年前にこの空港から飛行機を操縦して飛び立ったことがあった。それは戦争中のことだった。彼が乗っていたのは、戦闘機ではなく輸送機だったが、飛び立つたびにもう戻れないかもしれないという思いが背中にはりついていた。飛行中に敵機に遭遇したこともあった。偵察機だったらしく、そのまま飛び去っていったが、あのときは血の気が引いた。同じ町の出身だった仲間は、飛び立ったまま戻らなかった。海に落ちたのだろう、と報告された。結局機体も見つからないままだった。

この飛行場は、以前はゴルフ場だったのだと、地元出身の上官は言っていた。遠くから金持ちたちがやってきて、一日中楽しむ場所だったのだ、と。その上官は戦争が終わる直前に死んだ。自分が生きているのはなにかの間違いではないのか、と父親は白く光る空港のターミナルで娘を見送って、思った。

戦争が終わってから、父親は飛行機に乗ったことがなかった。縁あって飛行場の近くに工場がある会社に勤め、そこの事務員をしていた女と結婚し、子供を三人持った。その間に、飛行場は国際空港になった。ターミナルが建設され、飛行機の格納庫が並び、父親が乗っていた輸送機とは比べものにならない大きさのジェット機が、轟音《ごうおん》をまき散らしながら飛んでいった。

一日に何百回も、離陸と着陸が繰り返された。白い飛行機は空の彼方へ消え、そして空の彼方からまた別の飛行機が現れた。

その先に、別の場所があるのだと、女学生は思った。あの白い雲の、霞んでいる空の向こう。ここにいる信じられない数の人たちが帰る場所が、その先に存在している。やっと搭乗時刻がやってきた。学生生活も、旅行も、もうすぐ終わりだった。来月からは、新しい生活が始まる。女学生たちは立ち上がり、土産物で膨らんだ重い鞄を各々が持ち、列に並んだ。

バスに乗って砂漠に行った姉は携帯が通じたので砂漠の写真を妹に送り、妹は以前訪れた砂漠のことを考えた

バスに乗って砂漠に行けるとは、姉は、考えていなかった。砂漠に行くためには特別な仕様の車に乗らなければならないと思っていた。たとえば、以前、眠れなくて夜中につけたテレビでたまたま見た、国境を越えて何日も走り続けるレースの頑丈な車のように。もしくは、昔話の絵本みたいな駱駝《らくだ》のキャラバンとか。

ハイウェイ、と英語のガイドが言ったのが聞き取れた。英語が得意でない姉にとって、ガイドの解説はわかるようなわからないようなという程度で、拾える簡単な単語から類推するしかなかった。ハイウェイ。砂漠の中にまっすぐな道が走っている。ただの道で、標識も街灯もなにもない。ホテルのある町から離れてしばらくはぽつりぽつりと民家があったが、今はもう、右を見ても左を見ても赤味がかった砂が波打って続くだけだ。

建物がなにもないのに道だけがあるのは不思議だと、姉は思った。そう思ってから、道と町はどちらが先にできるのか、今まで自分は考えたことがなかったと気づいた。今まで暮らしてきた町では、道は建物の隙間に通っているものだった。両側に迫ってくる建物の間で、残った地面をつなぐように絡み合い、這う道。だから、建物がないのならどこを走ってもいいし、道なんて必要ないんじゃないかと、そんなふうに思えた。しかし、ここには道がある。道がなければ、砂の上をこのバスが走るのは難しいだろう。

わたしは、バスで、砂漠へ、向かって、走っている、今。

確かめるように、姉は言葉を思い浮かべた。日差しが傾いて、バスの中でも眩しく、姉はサングラスをかけた。姉はあまり出かけないのでサングラスを持っていなかったから、旅行が趣味の妹に借りてきた。妹は砂漠にすでに三度も行っていた。感動した、人生観が変わる、と妹は言っていたが、いっしょに暮らしてはいないので、砂漠についても、妹の心情についても、詳しくは聞かないまま、出発した。

隣の席では、この旅行を計画した同僚が眠っていた。せっかくの砂漠なのに、と気にはなるが、同僚は時差ぼけに難儀して睡眠不足だとつらそうに訴えていたから、起こすのは目的地に着いてからにしようと思った。

ほんのしばらく、鞄を探ったり同僚の顔を見ただけなのに、視線を窓の外に戻すと、砂しかなかった風景に、いくつか店が現れて、驚いた。

ガソリンスタンドと食堂と食料品店。どれも安普請で、建てて間もなさそうなのに砂をかぶって古びて見えた。その先に、駱駝を象《かたど》った大きな看板があり、門柱があった。バスが門柱をくぐると、そこは広大な駐車場だった。二百台は停められる。砂漠見物の駐車場。想像していたのとは何もかも違って、姉は戸惑いながら、起こす前に目を覚まして興奮気味の元同僚と見物用の砂漠へ向かう四輪駆動に乗り換えた。そのころには陽は沈んで、薄暗くなりかかっていた。

スリルのあるドライブを十分ほど体験し、着いた場所には遊牧民ふうのテントが並んでいた。サンダルを脱いで砂を歩いてみた。足下の砂は、まだ熱を蓄えていた。サンダルや靴よりも裸足のほうが歩きやすかった。振り返ると、そこから見えるのは砂だけだった。波のように砂の丘が続いていた。すぐ先には駱駝の看板があるはずなのに、その角度からはまるで地の果てに来たかのように見えた。

このあと、夜空の下でダンサーたちのショーが始まるらしい。姉はスマートフォンを取り出して砂が山脈みたいに見える風景を四角く切り取り、サングラスも借りたから、と思って妹に送信した。そこは電波も入ったし、Ｗｉ－Ｆｉも完備されていたのだった。

自宅で画像を受信した妹は、いーなー、と言った。

ほら見て、とスマートフォンの画面を向かい合って朝食を食べていた夫に見せた。

へー、すごいね、と言ったあと、砂漠には行ったことあるんでしょ、と夫はあまり興味なさそうに続けた。行ったけど、と妹は言った。行ったけど行きたいし、何回行っても感動は感動だし、どの砂漠も砂の色が違うから感動も違うのだ、と妹は力説した。

このとき、妹は知らなかったが、十年前に行った砂漠の駱駝に乗って進んだあたりは、今では家が建っていた。隣国の急激な経済発展に伴い、その国でも出稼ぎ労働者や移民が増え、政府は積極的に開発を行っていた。つい数年前まではただ砂に覆われた土地だった場所に、まず道路が通り、それを囲むように規則正しく区画が割られ、宅地として売り出された。家が建ったのは今のところそのうちの六割程度だった。

しかし、お代わりしたコーヒーを飲みながら妹が思い浮かべていたのはまったく別の光景だった。少し前に、あの砂漠は広がり続けているとテレビ番組で見たことがあった。砂漠はとうとう海に到達し海の底まで続いているとの力強いナレーションとともに、白い砂と青い海の空撮映像が画面に映った。あのときの砂漠は、自分が今こうしてお茶を飲んでいる大陸の東の果てから、ひたすら西へ、何千キロメートルも行った西の果てにある。つながっている。

いつかここも砂で覆われるだろうか、と妹は周囲を眺めた。今週もまた高層ビルが建ち、土の地面なんてとうの昔になくなった、海に面したこの小さな国も、遠い先では砂に還るだろうか。

砂漠なんて、怖ろしいから行けない、と夫が言った。なぜ、と妹が問うと、砂漠で車が故障してさまよった末に行き倒れる映画を子供のころに観て未だに忘れられないのだと、夫は身振り手振りを交えてその苦しみながら死んでいく様子を伝えた。

妹は大きな声で笑って、今は携帯電話だって使えるからだいじょうぶだと言った。ほら、また写真が送られてきた。

妹の携帯電話の画面には、姉が送ってきた夕闇が迫る砂漠が表示された。

雪が積もらない町にある日大雪が降り続き、家を抜け出した子供は公園で黒い犬を見かけ、その直後に同級生から名前を呼ばれた

雪が降ってきた。

水曜日の真夜中過ぎから降り始めた雪は、それまでにない大雪で、朝、街の人々が目覚めるころには見渡す限りが真っ白に覆われていた。

前日までの予報では、多少の積雪があるかもしれない、と伝えられていた程度だった。だから、公共交通機関も、人々も、あまり準備ができておらず、外へ出ることができなくなった人も多かった。雪に慣れない地方のことで、空港もあっという間に混乱を来《きた》して閉鎖された。列車も大幅に遅延し、その日の午後には、街はほとんど孤立状態になった。

雪は止まなかった。近年の異常気象により、この地方も、熱波で都市機能が麻痺することが数年に一度起こっていたが、寒波も大雪も予想外かつ、多くの人にとっては初めてのできごとだった。

三日目には、大きな池も凍り始めた。この街で生まれ育った大人たちも、街の真ん中に

ある公園の半分を占める、街の名前の由来にもなったその池が凍るなどというのは初めて見た。学校は臨時休校になっていたし、なるべく外に出ないようにとテレビのニュース番組では繰り返し伝えていたが、何人かの子供たちは隙を見ては家を抜け出した。

公園に近い通り、角のアパートの四階に住む子供は、テレビのニュースに釘付けの親たちに見つからないようにこっそり家を出ると、まっすぐに池へと向かった。凍っている、ということはテレビのニュースではまだ伝えられていなかったが、親たちが電話で話していて、知った。

いつもなら子供たちや散歩する老人たちの多い公園は、静まりかえっていた。人影のない芝生広場、今は真っ白い丘を、その子供は横切った。雪に足跡が続くのがおもしろくて仕方なかった。雪は勢いを増していて、暫《しばら》く歩いて振り返ると足跡はもう新しい雪に埋もれそうになっていた。

池のそばまで来ると、犬を連れて歩いている男がいた。

真っ黒い、大きな犬だった。白い風景の中を、ほとんど体を揺らさずに歩いている犬は、影絵のようだった。こんな天気でも犬は散歩させるものなのだと、四階の子供は感心した。

男と犬が近づいてきたので、その子供は尋ねた。

「なんていう名前」

奇妙な響きの短い名前が返ってきた。外国の言葉で、「黒」という意味なのだと、男は言った。男の髭にも雪が積もっていた。男は、そう答えただけで、黒い犬に引っ張られるように歩いて行った。犬は、間近で見ても真っ黒だった。

遠くから自分の名前を呼ぶ声が聞こえて振り返ると、隣のアパートに住む同級生が歩いて来た。

おまえを探していたんだ、と隣のアパートの同級生は言った。親たちがおまえがいなくなったって騒いでるぞ。と同級生はぶっきらぼうに、続けた。こんなところに来たらおまえだって探されるじゃないか、と四階の子供はむっとして言い返した。おれはいいんだよ、おまえを探しに行くって言ってきたから、と同級生は笑いながら答えた。

二人で、池の縁まで行ってみた。池は凍って、そこに雪が積もっていた。上を歩いてみようかと、二人は言い合ったが、四階の子供は、もっと幼かったころに祖父から、凍った池を歩いて渡ろうとして氷が割れて死んでしまった子供の話を聞いたことがあったので怖くなり、結局そこに踏み出すことはなく、隣のアパートの同級生と公園を出て街をぐるっと回った。

街は、昼間とは思えない暗さだった。すべてが青く、灰色がかって見えた。声も、雪を踏む音も、発生した瞬間にその降り積もった塊に、ほの暗い影に吸い込まれていった。

「こわいな」

と四階の子供は言った。

「こわいじゃなくて、きれいっていうんだ」

と、隣のアパートの同級生は言った。

空は暗いのに、足もとはぼんやりと青白く光る街、まだいくらでもそこに落ちてくる雪を見つめながら、その二つは同じ意味じゃないのかと、四階の子供は思った。こわい、と、きれい。今、この街は、こわくてきれいだ。

雪は、五日間、降り続いた。一階の窓が埋まり、ついには川さえも、流れの遅いところでは表面に氷が浮かび、みぞれのような塊ができた。緊急事態宣言と外出禁止令が出され、一時は食糧不足も心配されたが、六日目の朝に晴れ渡って気温が上昇して雪が溶け始めた。数日して、列車が動き、店に食べものが入るようになると、なにごともなかったかのように、街は、普通の生活に戻っていった。

ただ、隣のアパートの同級生が行方不明になった。あの日いっしょに外を歩き回った四階の子供は事情を聞かれたが、隣合うアパートの前まで歩いて帰ってきて別れたきりだったし、確かにアパートに入っていく彼の後ろ姿も見た。その夜には家にいったん戻ってきた、と同級生の両親も証言した。しかし、翌朝両親が起きたときには、どこにも見当たらなかったのだ、と。捜索隊も組織され、街を囲む山も探したが、結局隣のアパートの同級生は見つからなかった。持ち物も、足取りも、なにひとつ手がかりがないまま、時間だけが経った。

四階の子供は、高校を卒業したあと二年間働いて金を貯め、外国の大学へ入った。寒い国の、寒い街だった。冬は五か月間も雪に閉ざされた。毎日ひたすら白い風景を見ていると、四階の子供は、異常に雪が降ったあの冬を思い出した。窓の外、暗い空と青白く発光する雪の向こうから、隣のアパートの同級生が現れそうな気がした。それは、こわくて、なつかしい感覚だった。

地下街にはたいてい噴水が数多くあり、その地下の噴水広場は待ち合わせ場所で、何十年前も、数年後も、誰かが誰かを待っていた

地下の噴水広場は、待ち合わせ場所だった。

地下街には、噴水が数多くあった。時間ごとに噴き出す形が違ったり、虹色にライトアップされたり、趣向を凝らしたものが年を追うごとに増えていった。地下街の閉塞感を和らげるために設置されるのだろう。

その地下街は、全国でも一、二を争う大規模で、複雑な構造をしていた。当初はいくつも乗り入れる私鉄の地下街がそれぞれ作られ、駅前のビル街にも地下街ができて、つながっていった。全体の地図を見ると、蜘蛛《くも》の巣を、さらにパッチワークで貼り合わせたように見えた。毎日そこを通勤に使う人でさえ、全体を把握するのは難しかった。

噴水広場は、その巨大地下街の東の端にあった。地上へ出ると三つの映画館と歓楽街があったので、待ち合わせの名所となった。案内看板やテレビCMにさえ「噴水広場すぐ」「噴水広場を上がったところ」との文言がよく使われた。

松尾《まつお》和美《かずみ》が高校に入った年には、広場のすぐ近くに漫画専門の書店があった。通学の乗換で地下街の一部を毎日二度ずつ歩いた松尾は、週に二度はその漫画専門書店に立ち寄るようになった。

「なんかおもろいのん、ある?」

突然声をかけられて、松尾は驚いて手に持っていた単行本を落としてしまった。

「ああ、ごめん」

立っていたのは、同じクラスの西山尚子《にしやまなおこ》だった。挨拶程度のやりとりはするが、特に親しいわけではなかった。

西山は、床に落ちた単行本を拾い上げた。

「あ、これ、うちのねえちゃんが好きなやつやわ」

戸惑っている松尾を意に介さず、西山はにこにこして話し続けた。

「ねえちゃん、今度、漫画家デビューするねん」

「そうなんや」

「言うたらあかんで、って言われてるから、言うたらあかんで」

「うん」

二人はしばらく漫画の棚を見てあれがおもしろい、これは今ひとつだったという話をし、た。

それから、店を出た。噴水の周りは、相変わらず待ち合わせの人たちがたくさん立っていた。

「この噴水な」

西山は、松尾に秘密を囁くように言った。

「待ってたら、髪の長い女の人が声かけてくるねんて」

松尾は現実的な可能性を考えたが、西山が告げたのは意外な言葉だった。

「ほんでその人は幽霊やから、ついていったらあかんねんて」

「……知らんおじいちゃんに、お小遣いあげるからついておいで、って言われたことはあるけど」

幽霊など信じていない松尾は、どう返していいかわからずに、思わずそう答えた。中年、ときには孫が自分たちと同世代ではないかと思われる男たちが卑猥な言葉を投げかけてくることはときどきあったし、このごろはテレビや週刊誌で、やたらと女子高生がもてはやされ、と言われているが実質はおとしめられることが多くなり、そういう男はますます増えていた。

「うわー。なんなんやろな、そういうやつって」

西山は、本気で気色の悪そうな表情で声を上げた。

「もしその幽霊っぽい女の人に声をかけられたとして、ついていったらなにがあるんか知りたいけど、そういうわけにもいかへんかな」

「悪いこと考えてる人間より、幽霊のほうが怖くないかも」

「なんか事情があるんかもしれへんしね」

それ以来、松尾と西山は教室でもよくしゃべるようになり、ときどき、噴水広場へ寄り道し、漫画について語り合った。西山は、家があるのが松尾とは逆方向で、この巨大地下街は通り道ではなかった。それなのに、西山は迷路のような地下街を知り尽くしていた。姉に教えてもらったと言うのだが、その正確な方向感覚に松尾はいつも感心していた。そのうちに、噴水広場から地上へ出たところにある映画館にも、二人は行くようになった。

高校三年の終わり、もうすぐ卒業という土曜日に、松尾はいつものように噴水広場で漫画を読みながら、西山を待っていた。

「おもしろい？」

顔を上げると、髪の長い女がすぐそばに立っていた。学校の制服のような、白いシャツに紺色のブレザーの、しかし年齢は三十代、あるいは四十代にも見えた。

「あ、はい」

「ちょっと見せて」

「えーっと、あ、はい」

女は、目が悪いのか、顔を漫画本にほとんど埋めるようにして読み始めた。

松尾は、怖くなり、そして、初めて西山に話しかけられた日に聞いた幽霊の話を思い出した。しかし、女はのんきな口調で漫画をためつすがめつしていた。

「そうかあ、今の子にはこういうのが受けるんやねえ」

「いえ、わたしは、けっこう偏った趣味やと思われますので」

「でも、売れてるんやろ、これ」

「一部の人たちの間では。学校にはこのおもしろさを分かち合える友だちは全然いてないんですけど」

「へえー、そう。へえー」

女は、ようやく漫画を松尾に返した。

「これから、どっか行くの？」

「友だちを、待ってて」

「あのな、好きなことをせなあかんよー。自分がやりたいことをやらないと。それがいちばん、自分で納得いくから。うまくいっても、うまくいかへんくても」

「はあ、そうですか」

唐突なアドバイスに松尾がぽかんとしている間に、女は手を振って離れていった。

一時間近く待ち、買った漫画も全部読み終えてしまったが、西山は来なかった。公衆電話から家にかけてみたが、誰も出なかった。心配だったがどうしようもないので、自宅に戻ってから、もう一度西山に電話をかけた。西山が出て、すっとんきょうな声を上げ、明日だと思っていたと何度も謝った。家にはずっといたのに、電話は鳴らなかったらしい。

卒業して、松尾は東京の大学へ入学した。松尾の高校の女子で東京に進学したのは一人だけだった。西山は学生時代は東京に何度か遊びに来たりもしたが、松尾が就職で遠い地方に移ったので、それからは会うことも減った。

十五年勤めた会社を辞めて、松尾は地元の街へ戻った。久しぶりに西山に連絡をして、噴水広場で待ち合わせた。駅の周りは、再開発でずいぶんと様子が変わっていた。かなり早めに家を出たが、迷っては案内板を見ることを繰り返し、時間ぎりぎりについたところで、西山から遅れるという詫びのメッセージが携帯電話に届いた。

勢いよく流れ落ちる水音は、懐かしかった。すぐそばで、男子高校生が立ったまま熱心に漫画を読んでいた。

「それ、おもしろい？」

松尾は思わず話しかけた。高校生は、あまり驚く様子も愛想もなく答えた。

「まあまあやね」

そのとき、松尾は自分が高校生のころに話しかけてきた女にそっくりだ、と思って、笑ってしまった。

「ここの噴水、来月なくなるねんて」

「そうっすか」

高校生は、聞いているような聞いていないような声だった。

「好きなこと、やらなあかんよ。自分が思うことをやり続けるのが、いちばん納得いくから」

「なんなんすか、突然」

「うん、突然、言うてみようかと思って」

「はあ」

人混みの中から西山が走ってきた。なにやってんの、と言うので、なんやろね、と松尾は答えた。

祖母には弟がいて、中学を卒業するとすぐに、大きな街へ出て、働いた。最初は、大工の見習いだった。親方は厳しいが面倒見のいい人で、弟も仕事覚えは早かった。ところが、乱暴な兄弟子になにかにつけて殴られた。親方の見ていないところでこっそりやるし、仕事のことで嘘をつかれて重大な失敗を繰り返し、立場が悪くなった。

逃げ出した彼は、新聞配達、米屋の配達、運送屋の倉庫と仕事を転々とした後、大きな川の河口の街に移って再び大工の下で働き始めた。今度はいじめられることもなかったし、家がどんどん建ってとにかく人手が足りない時代だったから、賃金も右肩上がりだった。新しい親方の家族にもよくしてもらい、よく夕飯を食べさせてもらった。

休みの日、彼は河川敷へ行って、草野球を眺めていた。そのうちに、親方の息子からもらった古いギターを持ってきて、たどたどしく弾き始めた。風と音が混じり合うのは心地よかった。しばらくして、歌を作って歌い始めた。下手だったが、誰も立ち止まらないかわりに、誰にも咎《とが》められなかった。毎週日曜、昼から夕方まで、橋の近くの土手に座って、川面に向かって歌った。それはそのとき一度きりしか歌われない歌だった。

ある日曜日、草野球帰りの男が一人、そばで立ち止まって、歌を聴いていた。その次の週も、同じ男が来た。少し離れたところで、なにも話しかけずに佇んでいた。それは毎週日曜日、半年間続いた。

そのときに祖母の弟が歌っていたいくつもの歌は、弟とその人だけしか知らない。

近藤はテレビばかり見ていて、テレビで宇宙飛行士を見て宇宙飛行士になることにして、月へ行った

近藤真子《こんどうまこ》は小学校から帰るとまずテレビをつけ、ドラマとアニメの再放送を見て、それから夕方のニュースもつけっぱなしにしていた。毎日だいたいそうだった。仲のいい同級生はみんな塾に通っていたが、近藤は行っていないので毎日テレビを見ていた。

夏休みに入ったら、同級生たちは夏期講習というものが始まり、近藤はますます一人の時間ができて、それはぜんぶテレビの時間になった。ある日、夕方のニュースをつけたまま漫画を読んでいたら、日本人女性で初めての宇宙飛行士がスペースシャトルで飛び立ったとアナウンサーが言うのが聞こえた。テレビ画面に視線を移すと、オレンジ色の作業着を着た女性宇宙飛行士が、白い空間に浮かびながらなにかの実験をやっていた。近藤は自分も宇宙飛行士になることを決め、その日から自分で勉強を始めた。

中学に行っても、高校に行っても、塾には通えなかったので、放課後は図書室で勉強し、職員室に行って教師に質問し、あまりに頻繁に質問しに来るのでここは塾じゃないなどと言う教師もいたが気にせず質問し、その高校からは初めてだという関東の国立大学の理学部に合格した。

　大学では自分がしたい勉強を存分にできるので楽しかった。研究室に入ってからは、毎日遅くまで居残った。宇宙飛行士になるために、体力作りや語学の勉強も欠かさなかった。夜遅くに狭い下宿に帰ると、寝るまでのわずかな時間、テレビを見た。おもしろいと思える番組はもうなかったが、テレビをつけるのは習慣だったし、つけているとほどなく眠りに落ちることができた。テレビを見ているあいだは、頭の中を動かさないからだろうと近藤は思っていた。

　いつもはオフタイマーにしてあるのだが、あるとき、夜中に目が覚めると、テレビがつきっぱなしになっていた。外国の映画をやっていて、宇宙飛行士が宇宙船に一人で取り残される話だった。宇宙飛行士は奮闘の末、ようやく地球に帰り着くのだが、そこは人間が亡びてしまった後で、しかし動物や植物は変わらずに、むしろ人間がいなくなったことでより豊かに存在していた。とても美しい光景を眺め、宇宙飛行士が涙を流す場面で、映画は終わった。そのラストシーンを見ることなく、近藤は再び眠っていた。

　十五年後、中東の砂漠から、近藤の乗った宇宙船が飛び立った。五人が乗り組んだ宇宙船は、七十年ぶりに人類を月面に運んだ。近藤は、月面に立った初めての人類の女性となった。月面から地球を見たとき、近藤は子供のころにテレビで見た地球と同じ色だと思った。月面を歩く近藤の姿を、近藤が卒業した小学校ではテレビで全校生徒が見た。テレビ画面で見てほしいというのは近藤のリクエストで、そのために近藤はテレビを十台、小学校に寄付した。

初めて列車が走ったとき、祖母の祖父は羊を飼っていて、彼の妻は毛糸を紡いでいて、ある日からようやく話をするようになった

駅ができて初めて列車が走ったときのことを覚えている、と祖父に聞いた、と祖母は言っていた。わたしの祖父ではなく祖母の祖父だ。祖母の父親ならひいおじいちゃんだが、もっと前はなんと呼ぶのか、今日聞いてみた三人には知らないと言われた。

線路は、平原の真ん中をまっすぐに走っていた。線路を通す工事にはその町の人たちもかなりの数が動員されたらしい。祖母の祖父は駆り出されなかった。羊を飼っていたからだと祖母の祖父は言ったらしいが、それが仕事が忙しいからとか収入があったからという意味なのか、ほかの理由なのか、祖母にもわからないという。

そのころのことを、祖母の祖父は何度も話したらしい。祖母はまだ子供だった。だから、絵本の中の昔話を聞くようなつもりでいた。丘の上の家から小さく見えたあの駅のことだとは思っていなかった。

煉瓦を積んだ小さい駅舎だった。駅に停まるのは、短い編成の列車で、一日に一度だけ

だった。もっと長い列車は、日に何度も通った。

線路の工事が始まったころ、祖母の祖父は、結婚して間もなかった。妻の父親から羊を飼うための土地を、自分の父親の親戚から羊を譲ってもらった。彼は、譲り受けた土地の真ん中、町外れの丘の上で長い間放置されていたその廃屋を自分で直して、住み始めた。石を積んだその家は、昔、よそ者が住んでいたと町の人たちは言っていた。違う言葉を話す人たちで、森の向こうからやってきた。そしていつの間にかいなくなった。

家を直しているとき、彼は、それを建てた人たちのことを考えた。確かに、周囲の家とは石の積み方が違っていた。竈《かまど》の灰の中から、見たことのない形の鉄のプレートのようなものも出てきた。そこには文字のような痕《あと》が残っていたが、読めなかった。彼は字があまり読めなかったので、それが自分たちが話している言葉なのかそうでないのかもよくわからなかった。そのプレートは納屋に置いていたが、そのうちにどこにいったか忘れてしまった。

町の人たちは、線路の予定地へ毎日出かけていった。日に日に、その人数は増えていた。羊たちを連れて牧草地を移動するとき、地面を掘り返したり鉄鋼を運んだりする人の姿が遠くに見えた。ときどき出会う彼らは、都会からやってきた技術者や鉄道会社の人たちへの不満を口にした。人が集まってくるので、町に一軒だけの酒場は繁盛し、隣の建物を買って店を広げたらしかった。

彼は、町へ降りていくこともほとんどなかった。朝、羊を連れて出て、いったん家に戻って自分たちが食べる分だけの小さな畑を耕し、羊舎《ようしゃ》の手入れをし、そして羊たちを羊舎につれて戻った。妻とはあまり話さなかった。妻との結婚は親同士が決めたし、結婚するまでに二度しか会ったことがなかった。あまりしゃべらない、とは妻の親戚たちからも、彼の両親からも聞かされていた。子供のころからそうだったと。

妻は、母親たちがやっている毛糸の工房を手伝っており、朝ごはんを食べると出かけていって、夕方に戻ってきた。妻は、毛糸を染める工程を担当していた。森にある草や実、玉ねぎの皮や人参の葉でもきれいな色が出るということを、彼は妻と結婚してから知った。妻が話すわずかなことは、少しだけ持って帰ってくる毛糸がなにで染めたか、今回の色の出方はどうだったか、ということだった。家にいるあいだは、妻は持って帰ってきた毛糸で帽子や手袋や膝掛けを静かに編んでいた。

徐々に進んだ線路の工事に比べると、駅舎はある日気づいたら姿を現した、という感じだった。その場所がもっとよく見える丘へ羊たちを連れて行ったとき、数日前まではなかった四角い影が急にあったのだった。

彼は、三年前に一度だけ都会へ行ったことがあった。羊をもっとたくさん飼っている親戚が羊毛の取引先へ行くのに荷物持ちとしてついていったのだった。隣町までは歩いて、そこから馬車と川を下る船を乗り継いで初めてたどり着いた大都会は、空は煤《すす》け、背の高い建物が倒れかかってきそうで、悪い夢の中のように彼には思えた。大都会の駅は、とても立派だった。そんなに豪奢《ごうしゃ》な建物は、彼は教会しか知らなかった。彼がそれまでに見たことがあるいちばん大きな建物は親戚が住む町の大聖堂だったが、それよりもどっしりと居座って動かしがたいものに感じられた。

だから、この町にできるという駅も、そこまではないにしてもああいう立派さのあるものだと思い込んでいた。

工事に行っていた近所の男に聞いてみると、ここで乗り降りする乗客は少ないし、ただ乗り降りするだけの場所だから箱みたいなものでいいのだと言われた。

家に戻って、妻にその話をした。黙って聞いていた妻は、しばらく経ってから、その煉瓦は自分が積んだ、と言った。彼は驚いて、いつそんなことをしていたのかと尋ねたら、妻は、人手が足りなくなって毛糸の工房の人たちも駆り出されたのだと言った。妻は工房で働く女たちの中では自分はいちばん力があるのだ、と真顔で答えた。そんなことは知らなかった、と彼が言うと、妻は、あれくらいの石なら持ち上げられる、と窓の外に見える、羊舎の入口に積んだ石のなかでひときわ大きなのを指差した。

ここが廃屋だったのを直したとき、妻も一緒に働いていたが、気づかなかった。思い返してみれば、一日中、石や木材を運んでも妻は疲れた様子もなかったし、けっこう重そうなものも持ち上げていたようにも思う。小柄な彼女にそんなに腕力があるはずがないと思い込んでいて、彼は重いものは手伝わせていなかった。

彼は、素直に驚き、妻に次々と質問した。妻は、しばらく黙って彼の顔をうかがうように見ていたが、やがて立ち上がり、彼の体に手を回すと軽く抱き上げ、そして下ろした。

彼は、一瞬茫然となったが、目の前になんでもない様子で立っている妻を見て、すごいじゃないか、と声を上げた。こんなに力のある女の子にぼくは会ったことがなかったよ、彼の興奮した声が狭い室内に響いた。そこで妻は、やっと笑った。心からうれしそうな顔だった。妻のそんな表情を見たのは、彼は初めてだった。

妻は、お茶を入れて、子供のころからの話をした。小さいころに農機具を持ち上げて親に驚かれたこと、もう少し大きくなって学校の男の子たちにからかわれるようになってから力があるのを隠すようになったこと、今仕事をしている工房は普段は女の人ばかりで頼りにされていること。でも駅の工事ではあんまり軽々と運んじゃうと仕事を増やされるからこんなちっちゃい煉瓦でもすっごく重そうに運ぶの、と妻はちょっと得意げに話した。その話し方も、彼にとってはとても新鮮な驚きだった。

それ以後、妻は、親戚の女たちのように饒舌《じようぜつ》とまではいかないが、彼と話すようになった。完成した駅舎の様子、鉄道会社の嫌な役員の口まね、工房の染色作業で美しい色が出たときの感動、森の植物のなにからどんな色が出るか。妻と話すのは、彼にとって幸福な時間になった。

駅が完成してひと月後、最初の列車が走った。町の人たちは総出で見物した。彼と妻は、線路の全体が見下ろせる丘の上から、それを眺めた。

まず見えたのは、煙だった。遠くの森の向こうにたなびく黒灰色。しばらくして黒光りする鉄の塊が現れた。地響きが、二人のところまで伝わってきた。今まで見ていた森や平原の色が塗り替えられてしまうように、二人には見えた。線路のそばにいた羊たちは、顔が黒で毛が白の羊たちだったのに、全体が黒くなった。

わたしの祖母は、その力持ちの祖母には会ったことはないそうだ。祖母の父がまだ幼いころに、流行り病で死んでしまったと聞かされた。祖母が子供のころに住んでいた家には、その人の一枚きりの写真がずっと飾ってあった。

写真の中のその人は、隣に立つ祖母の祖父に比べて小さくて、肩の線も細く、祖父が話したような力の持ち主には全然見えなかった。しかし、片腕で、三歳くらいの祖母の父をまるでぬいぐるみみたいに軽々と抱き上げていた。

彼らが暮らした石積みの家には、祖母は幼いころに父親に連れられて一度だけ行ったことがあった。祖父が死んだ後に家財道具を片付けるためだった。駅ができてから町の中心部が変わり、その家にたどり着くまでの場所にはもう誰も住んでいなかった。羊を飼うとも数年前に辞めていたが、彼は死ぬまでそこから動かなかった。片田舎だが賑やかな町で生まれた祖母は、その家の質素さが珍しかった。片付けるために行ったのだが、家具も食器の類《たぐい》も最低限しか残っていなかった。

祖母がもう一度そこを訪ねたのは、何十年も経ってからだ。親戚の葬儀のためにその近くの町へ行ったときに、思い立って記憶を頼りにあの家があった丘まで歩いた。記憶の中では、駅から歩いてほど近い場所だと思っていたが、ずいぶん遠かった。そして、家があったはずの丘には、建物はなかった。大きさの揃った石が積み上げられていて、それが家だったものだと祖母にはわかった。石をいくつか拾い上げてみたが、家のどこかだった痕跡があるものは、見つからなかった。

その駅は、過疎化で一時は廃止になりかけたが、歴史的建造物としての価値を認められ、小さな博物館として一部が残された。わたしは、今度の夏休みに旅行しようと思っている。祖母が生まれ育った国へ行くのは、初めてだ。写真で見る限り、駅舎はできた当時の部分がまだ残っているようだ。

雑居ビルの一階には小さな店がいくつも入っていて、いちばん奥でカフェを始めた女は占い師に輝かしい未来を予言された

エレベーターもない古いビルは、一階の通路が裏の路地へと通り抜けできた。薄暗く、両側に細かく区切られた店舗が並ぶ通路は、表からぱっと見ただけでは奥へ通り抜けられるとはわからない。しかし、この古着屋やレコード屋や飲み屋のひしめく街へ遊びに来る人たちは、この通路のことも、そこに並ぶ小さな店のこともよく知っていた。一つの店は、アパートの一部屋くらいの広さしかなかった。ビルができたころは、事務所だったらしい。手前は帽子屋、次は中古レコード屋、向かいは古着屋、その隣も古着屋、その隣は海外のマグカップばかり集めた店、また古着屋、いちばん奥はカフェ、という具合。

カフェ、といっても大きめのテーブルが一つあるきりで、そこを四人が囲むと、もう身動きが取れなかった。背の高い女が、窮屈そうに身をかがめながら小さなカウンターでコーヒーを淹れていた。コーヒーとバタートーストしかメニューにはなかった。

帽子屋や古着屋の客が来ることもあったし、路地の奥にあるマンションの住人たちが、

入ってくることもあった。わかりにくい場所にあるので、店を始めた当初、客は知り合いかその知り合いばかりだった。

カフェはいちばん奥だから、奥の路地に面した窓があった。マンションや雑居ビルに囲まれた路地はそこだけちょっと広くなっていて、いつからかわからないが置かれている錆びついたベンチがあり、近隣の店の誰かが煙草を吸っているのが、窓からときどきみえた。よく煙草を吸いに来たのは、帽子屋の男だった。帽子屋の男は、帽子職人になるために金を貯めていた。帽子を売っても金は貯まらなかったので、夜は近くの飲み屋で働いていた。あるとき、帽子屋が飲み屋の客をカフェに連れてきた。年を取っているのか若いのか、よくわからない女だった。引きずるような黒い服を着ていた。

「あんたのコーヒー、ほんまにおいしいなあ」

と客は言った。

「そうでしょ。なんか秘密の粉でも入れてんちゃうか、て言うてるんですよ」

茶化した帽子屋を受け流して、客はカフェの女に言った。

「あんた、大物になるで。わたし、人の将来の姿が見えるんや」

「そうですか、よう言われるんです」

カフェの女は、そんなことを言い出す客には慣れていたので、愛想笑いで答えた。

「うそとちゃうで。あんたのうしろにすごい光が見えてる。こんな強いのは初めて見たわ。なあ、にいちゃん、あんたは証人やで。この人が将来すごい人になったときに、あのおばちゃんが言うてたことはほんまやった、ってちゃんと言うてや」

「言うって、誰にですか？」

「世の中の人や。別にわたしはお金なんか取らへん。すごい人のすごいところを見るのが楽しみなだけや」

客はわかったようなわからないようなことを言って満足げに頷き、コーヒーを飲み干すと一万円札を置いていった。帽子屋とカフェの女は、その一万円で古着屋とレコード屋を誘っていっしょに焼肉を食べに行った。

カフェの隣の古着屋だった店はキャンドル屋に変わり、レコード屋はスニーカー屋に変わり、帽子屋はイタリアの帽子職人に弟子入りした。カフェはカフェのままだった。キャンドル屋が移転したとき、カフェはそのスペースも借りて行き来できるようにし、テーブルは三つになって、ミックスジュースとチーズケーキも出すようになった。隣の雑居ビルがガラス張りのテナントビルに建て替わり、奥のマンションも若い素性《すじょう》不明の住人が増えたが、カフェから見える路地の小さな休憩場所は、ほとんど変わらなかった。煙草を吸いに来る人がいて、ベンチに座っているうちに痴話《ちわ》げんかを始める男女がいて、そしてたいていの時間は誰もいなくてベンチだけがあった。

スニーカー屋が店を閉める間際、スニーカーマニアの俳優がレアものを探しに来て、帰りにカフェで休憩した。俳優は近くの街の出身で、若いころはこのあたりをよくうろうろしていたと言った。

「そういえば、帽子も買うたことありますねえ。なんか調子のええにいちゃんで」

「そうでしょう。イタリア行ったあと連絡ないけど、職人になれたんやろか」

俳優が次に出る映画で監督に提案し、通路の店はロケ地の一つになった。外国の俳優も出演したその映画は小品ながらも海外の映画祭で賞をもらい、国内外からファンがときどきカフェにもやってくるようになった。メニューは相変わらず少なく、コーヒーとミックスジュースと、バタートーストとチーズケーキだけだった。

その映画も覚えている人が少なくなったころには、とうとう通り抜け通路のある古いビルも取り壊されることになった。耐震に問題がある、と立ち退きの要請に来た不動産屋は説明した。カフェは、歩いて十分ほどの場所に移転した。同じテーブルをそのまま置き、メニューも変えなかった。

五年経って店主がインターネットの記事を見ていると、東京で評判の帽子屋が紹介されていて、それは向かいで帽子屋をやっていた彼の店だった。限られた数しか注文を取らず、一つ一つ最後まで一人で仕上げるのだと男は語っていた。

大物かどうかはわからないが、昔カフェに来たあのおばちゃんは、わたしと帽子屋を間違えたんやろうな、と店主は思った。そもそも、あちこちでああいうい加減なことを言って回っていたんやろう。真に受けていたわけでもないけど、あのときああ言われたことで、いつか、そのうち、なんとかなるやろと思ってやってこれた気もする。あの場所でカフェを始めたときには、こんなに長い間続けるとは思いもしなかった。

店主は久しぶりに、以前店があった場所へ行ってみた。そこにはマンションが建っていて、裏の路地へは入れないかと思ったが、エントランスを入ってみると、管理人室の脇から人が一人やっと通れるくらいの通路があり、奥へ歩いていくと、なんとなく見覚えのある景色に行き当たった。

マンションの裏は、意外にも、以前よりも明るくなっていた。卸問屋の倉庫だった建物がなくなり、代わりにこぢんまりした煉瓦壁の二階建てがあった。一階と二階でそれぞれ別の飲食店になっているらしかった。高級そうな、おしゃれな店だった。錆びたベンチがあったあたりには、熱帯の観葉植物が、大きな素焼きの鉢に植えられて並んでいた。

「うそとちゃうで。あんたのうしろにすごい光が見えてる」

いつかの占い師の声は、今もはっきりと思い出せた。見上げると、高い建物に区切られた、小さな青空が見えた。
ここで店をやっていたころに毎日見ていた空と、なにも変わらなかった。

解体する建物の奥に何十年も手つかずのままの部屋があり、そこに残されていた誰かの原稿を売りに行ったが金にはならなかった

その部屋が発見されたのは、建物にようやく買い手がつき、解体工事の業者が下調べにやってきたときだった。

その部屋のことを長らくこの建物の最上階に住んでいた一家が知っていたかどうかは、何度か持ち主が変わっているためにわからなかった。一家がこの煉瓦造りの四階建てを手放してから、転売するつもりの不動産会社の手に渡り、景気が悪くなったために十年近く放置されていた。

解体業者の男二人が、二階の廊下突き当たりのドア、灰色に塗られたそのドアを開けたとき、なにかが羽ばたいて飛び出てきて二人とも驚いて後ずさったが、見回してみてもその姿はなかった。

部屋は、隣の建物と裏の建物に隣接する場所にあり、窓はあるが薄暗かった。そんなに広い部屋ではなかった。キッチンのある居間ともう一部屋。微《かす》かにカビの生えた板のにおいがしたが、部屋はきれいだった。きちんと整えられていた。テーブルの上には、空のマグカップが置かれたままで、つい今朝がたまで誰かが暮らしていたかのようだった。テーブルの上には、紙の束が積んであった。青いインクで、文章が綴られていた。つい最近書かれたように古びていなかったが、日付を見ると五十年以上前になっていた。

もう一つの部屋には、ベッドだけが置かれていた。めくれ上がった毛布は、起きて抜け出したそのままの形をとどめていた。そのすべてに、埃が積もっていた。

解体業者の男たちは、一応所有者に連絡したが、所有者は面倒そうに解体を早く進めてくれと言った。隣の敷地と合わせて新しいビルを建てる計画が進んでいた。

解体業者の男の一人は、テーブルにあった紙の束を持ち出し、古本屋に見せに行った。少し前に、解体中の古い家から有名な作家の直筆原稿が見つかり高値がついたというニュースを見たので、金になるかもと期待した。古本屋は、ただのゴミだねえ、とにべもなく返答した。よくいる作家志望の学生でも住んでたんじゃないの?

四十年前、その部屋を使っていたのは、その原稿を書いた人間ではなかった。当時その建物を所有していた一家の次女だった。

次女は、大学生になるまでは家族といっしょに四階に住んでいた。ちょっと風変わりな子、と家族や親戚から言われていた次女は、暇さえあれば本を読み、石や昆虫の絵を描いていた。八歳のとき、二階に新しい間借り人がやってきた。新しい間借り人は若い女で、中学校で生物を教えていると次女が理解したのは、しばらく経ってからだった。次女が玄関ホールや階段で本を読んだり絵を描いたりしていると、その人は必ず覗き込んで、あれこれ質問した。なんの本？　どんなところがおもしろいの？　この虫が好きなの？　どんなところが好きなの？　そうしてときどき本を貸してくれるようになった。古本屋で見つけたからと、美しい絵の鉱物図鑑をくれたこともあった。

次女はますます本を読み、絵を描き、熱心に勉強するようになった。鉱物の勉強をするために大学に行きたいと言ったとき、両親は反対した。長女のように、堅実な会社で事務の仕事をして、安定した結婚相手を見つけるのがいちばんだ。よい会社に入るための資格を取るならいいが、女が石のことに詳しくなったって苦労するのは目に見えている。そのときに、次女に合っていると思われる大学と先生を探してくれ、次女が両親を説得するのを後押ししてくれたのも、間借り人のその人だった。両親は根負けして、学費を自分で払うなら、と受験を許した。

間借り人は、割のいい家庭教師の口をいくつか紹介してくれた。そして、同じ学校に勤める教師と結婚して別の街に移る、と告げた。そのころ一般に結婚する年齢よりもだいぶん上になっていたが、やっと自分の気持ちを、ほんとうの気持ちを話せる相手なのだと、間借り人は次女に告げ、紙の束を手渡した。忘れないように書いていたんだけど、忘れないっていうことがわかったから、もう書かなくてもよくなった。読んでくれてもいいし、必要なかったら捨ててね、とその人は次女に伝えて、旅立った。次女は、勉強に集中するため、と両親に言い、空いたその部屋に移った。

その原稿を書いた間借り人の女がその部屋に住み始めたのは、戦争が終わって数年たったころだった。外国に住む親戚のところへ避難していた女は、街が空襲を免《まぬか》れたことに安堵した。帰ってくる途中の列車から見た隣町は、すっかり面影がなくなっていた。前は見えなかった教会の尖塔が遠くからでもはっきりとわかり、線路際には瓦礫《がれき》が放置されたままの場所もまだ多くあった。

紹介された部屋は、日当たりは悪いが、広さもじゅうぶんだったし、そこの一家の主が間借り人である女の親戚のことを恩人だと思っているとかなんとかでずいぶんと安く貸してくれたのがなによりだった。しばらくは、街なかの店の店員などの仕事をしていたが、一年ほどして地元の中学校の教員の職を得ることができた。ようやく生活が落ち着きはじめ、女は、覚えていることを書き始めた。この街で家族と暮らしていた日々のこと、戦争が始まってもまだそんなにも生活が変わらなかった、状況をだれも理解できていなかったころのこと、生活に支障が出始め、隣人が互いに監視しあうようになり、それから、爆弾を積んだ飛行機が初めて頭上を飛んでいくのを見た日のこと、戦場へ行った幼馴染みが死んだこと……。仕事を終えて帰ってきて、そんなに疲れていない日に、少しずつ、書いた。忘れないように、書いておこうと思ったのだったが、書き始めると、ささいなことがどんどん思い出されて、その度に胸が詰まって、かなしみが押し寄せ、なかなか書き進められなかった。家主の次女と、そんな過去とは関係のないことを話せるのは、心安らぐ時間だった。新しいことを知るたびに輝く次女の目を見ていると、自分にもまだなにかできることがあるのかもしれないと思えた。

戦争の前、この部屋には、脚の悪い男が住んでいた。右足を引きずるようにして、ゆっくりと階段を上り、廊下を歩く足音は、他の部屋の住人の誰もがよく覚えていた。男はまだ若かった。駅の近くにある輸入品の会社で経理の仕事をしていた。誰も知らなかったが、模型を作るのが趣味だった。小さな箱の中に街角を作っていた。建物を作り、窓に明かりの色を塗り、夜の光景を作っていた。戦争が始まって、脚が悪いせいで兵士になれず、しかし職場にもいづらくなり、母親が一人で暮らす田舎へ戻った。

建物の解体は、滞りなく進み、二週間で更地になった。古本屋に引き取られなかった原稿は、解体屋の男が家に帰る途中で捨てた。

本書は、『ちくま』二〇一七年十一月号〜二〇一九年九月号に隔月掲載された
連載「はじめに聞いた話」に加筆・修正し、書き下ろしを加えたものです。

柴崎友香（しばさき・ともか）
一九七三年大阪生まれ。二〇〇〇年に第一作『きょうのできごと』を上梓（〇四年に映画化）。〇七年『その街の今は』で藝術選奨文部科学大臣新人賞、織田作之助賞大賞、咲くやこの花賞、一〇年『寝ても覚めても』で野間文芸新人賞（一八年に映画化）、一四年『春の庭』で芥川賞を受賞。他の小説作品に『待ち遠しい』『千の扉』『公園へ行かないか？　火曜日に』『パノララ』『わたしがいなかった街で』『ビリジアン』『虹色と幸運』、エッセイに『よう知らんけど日記』『よそ見津々』など著書多数。

百年《ひゃくねん》と一日《いちにち》

二〇二〇年七月十日　初版第一刷発行

著者　柴崎友香
発行者　喜入冬子
発行所　株式会社筑摩書房
一一一－八七五五　東京都台東区蔵前二－五－三
電話番号　〇三－五六八七－二六〇一（代表）

印刷・製本　中央精版印刷株式会社

ISBN978-4-480-81556-9 C0093

◉筑摩書房の本◉

〈ちくま文庫〉
歪み真珠
山尾悠子

「歪み真珠」すなわちバロックの名に似つかわしい絢爛で緻密、洗練を極めた作品の数々。読んだらきっと虜になる美しい物語の世界へようこそ。　解説　諏訪哲史

〈ちくま文庫〉
氷
アンナ・カヴァン
山田和子訳

氷が全世界を覆いつくそうとしていた。私は少女の行方を必死に探し求める。恐ろしくも美しい終末のヴィジョンで読者を魅了した伝説的名作。

〈ちくま文庫〉
絶望図書館
立ち直れそうもないとき、心に寄り添ってくれる12の物語
頭木弘樹編

心から絶望したひとへ、絶望文学の名ソムリエが古今東西の小説、エッセイ、漫画等々からぴったりの作品を紹介。前代未聞の絶望図書館へようこそ！

〈ちくま文庫〉
トラウマ文学館
ひどすぎるけど無視できない12の物語
頭木弘樹編

大好評の『絶望図書館』第2弾！　もう思い出したくもないという読書体験が誰にもあるはず。洋の東西、ジャンルを問わずそんなトラウマ作品を結集！